KB237647

우리는 서로 부르고 있는 것일까

마종기 시집

문학과지성사

문학과지성사에서 펴낸 마종기의 시집

안 보이는 사랑의 나라(1980)
모여서 사는 것이 어디 갈대들뿐이랴(1986)
그 나라 하늘빛(1991)
이슬의 눈(1997)
마종기 시선집(1999)
새들의 꿈에서는 나무 냄새가 난다(2002)
보이는 것을 바라는 것은 희망이 아니므로(2004, 시선집)
하늘의 맨살(2010)
마흔두 개의 초록(2015)
천사의 탄식(2020)

문학과지성 시인선 323
우리는 서로 부르고 있는 것일까

초판 1쇄 발행 2006년 8월 31일
초판 13쇄 발행 2024년 7월 17일

지 은 이 마종기
펴 낸 이 이광호
펴 낸 곳 ㈜문학과지성사
등록번호 제1993-000098호
주   소 04034 서울 마포구 잔다리로7길 18(서교동 377-20)
전   화 02)338-7224
팩   스 02)323-4180(편집) 02)338-7221(영업)
전자우편 moonji@moonji.com
홈페이지 www.moonji.com

ⓒ 마종기, 2006. Printed in Seoul, Korea

ISBN 89-320-1725-5 03810

문학과지성 시인선 323

우리는 서로 부르고 있는 것일까

마종기

2006

시인의 말

지난번 시집 발간 이후, 만 4년간 쓰고 발표한 시들을
여기에 묶었다. 이렇게 짧은 기간에 시집을 만든 것은 내
게 처음이지만, 아마도 의사 생활에서 은퇴한 후 내 게으
름을 은폐하고 싶었던 무의식이 작용한 게 아닌가 싶다.

모아놓은 시들을 다시 읽어보니 비틀거리고 억지스러
운 시가 많은 것 같아 아쉬운 기분이 든다. 그러나 아쉬
운 것 없는 인생이 어디 있으랴.

이런 것이 내게 오히려 자극이 되어 하찮은 것도 다시 유
심히 볼 수 있는 나머지 날들 살 수 있게 되기를 바란다.

2006년 늦여름

마종기

우리는 서로 부르고 있는 것일까

차례

시인의 말

제1부

기적　9

가을, 아득한　10

파도의 말 1　12

파도의 말 2　14

이름 부르기　16

땀에게　18

잡담 길들이기 7　20

잡담 길들이기 8　22

진도에서　24

검은 점의 장례　26

꿈꾸는 당신　28

풍경화　30

알래스카 시편 1　31

알래스카 시편 2　34

알래스카 시편 3　36

알래스카 시편 4　38

알래스카 시편 5　39

밤비　40

제2부

골다공증   43

도마뱀   46

별, 이별   48

귀향   50

화장실의 피카소   52

시쓰기   54

상처 4   55

상처 5   56

손녀를 안고   58

아침 바다   60

압구정동   62

시선   64

캄보디아 저녁 1   65

캄보디아 저녁 2   66

화가 파울 클레의 마지막 몇 해   68

이장(移葬)   70

가을, 상림(上林)에서   72

산수유   73

몬태나 평원   74

제3부

시인의 물   79

다도해를 보며   80

네팔에서 온 편지   84

상처 6   86

배우   88

벌써 10년이나   90

악어   92

희망적으로   96

바오밥의 추억   97

재의 수요일   100

물빛 7   101

베트남의 소는 다리가 길다   102

새에 대한 명상   104

남해에서   106

포르투갈 일기 1   108

포르투갈 일기 2   110

화가 모딜리아니의 유혹   112

해설 | 너무 먼 이쪽 · 권혁웅   115

제1부

기적

추운 밤 참아낸 여명을 지켜보다
새벽이 천천히 문 여는 소리 들으면
하루의 모든 시작은 기적이로구나.

지난날 나를 지켜준 마지막 별자리,
환해오는 하늘 향해 먼 길 떠날 때
누구는 하고 싶었던 말 다 하고 가리
또 보세, 그래, 이런 거야, 잠시 만나고—

길든 개울물 소리 흐려지는 방향에서
안개의 혼들이 기지개 켜며 깨어나고
작고 여린 무지개 몇 개씩 골라
이 아침의 두 손을 씻어주고 있다.

가을, 아득한

야 정말, 잎 다 날린 연한 가지들
주인 없는 감나무에 등불 만 개 밝히고
대낮부터 취해서 빈 하늘로 피어오르는
화가 마티스의 감빛 누드, 선정의 살결이
그 옆에서 얼뜬 미소로 진언을 외우는
관촉사 은진미륵, 많이 늙으신 형님.

야 정말, 잠시 은근히 만져보기도 전에
다리 힘 다 빠져 곱게 눕는 작은 꽃,
꽃잎과 씨도 못 가린 채 날아가버리지만
죽은 풀, 시든 꽃가지, 잡초 씨까지 모두 모아
뜨거운 다비(茶毘)에 부처 사리나 찾아보고
연기 냄새 가볍게 품고 꽃을 떠날밖에.

저 산에 홍청이는 짙은 단풍에 비하면
옳다, 우리들의 일상은 너무 단순하다.
산 너머 저 쪽빛 바다에 비하면
옳다, 우리들의 쪽배는 너무나 작다.

그러니 살아온 평생은 운명일밖에.
눈을 뜬 육신의 마주침도 팔자일밖에.

멀고 가까움, 높고 낮음이 가늠되지 않는
야 정말, 아득한 것만 살아남는 이 가을,
어렵게 살아온 천지간의 이 가을.

파도의 말 1

뻘밭 넓은 서해안에서도
남해안에서도, 또 동해안에서도
파도들은 너나없이 모국어만 하데.

처음 만난 파도는 두 손 내밀면서
반갑다, 반갑다며 몰려오더니
한나절도 채 지나지 않아
잘 가라, 잘 가라 중얼거리며
나를 자꾸 멀리 밀어버리데.

모두 함께 모였던 한낮의 춤은
언제 어느 세월로 돌아갔을까.
기진한 몸 일으켜 찾아온 바다의 경계
어두운 밤 파도만 의심하듯이
여기 있다고 저기 있다고
박자도 안 맞추고 나를 놀리데.

서해안에서도, 남해안에서도

또 목소리 큰 동해안에서도
젊었던 내가 흘려보낸 바람들
아직 바다에 떠서 몸 뒤척이고

그 시절의 부드러운 젖가슴 닿은 채
떨리는 무늬 고운 한숨만으로
한 줄씩 긴 수평선 되어
말없이 나를 꾸짖데.

파도의 말 2

답답해 바다에 나왔다.
서글픔으로 감싸인 연약한 해안을
파도가 대신해 몸 풀어준다.
이제 더 이상 기다릴 것이 없다.
해방된 빈 배도 떠나고
시들어가는 바다의 파도만 남았다.
해안을 조심해 걸으며
작은 파도를 하나씩 줍는다.
한기와 체념으로 말라버린
바다의 말을 줍는다.

내 파도여,
말하는 바다의 잎이여,
이렇게 쉽게 사는 것이
죄를 짓는 것이나 아닌지 모르겠다.
파도의 여러 음성은 내내
이승의 아쉬움을 말하고 있지만
저녁은 우리 사이를 막고 덮어서

내게 오던 파도가
돌아서기 시작한다.

이름 부르기

우리는 아직 서로 부르고 있는 것일까.
검은 새 한 마리 나뭇가지에 앉아
막막한 소리로 거듭 울어대면
어느 틈에 비슷한 새 한 마리 날아와
시치미 떼고 옆 가지에 앉았다.
가까이서 날개로 바람도 만들었다.

아직도 서로 부르고 있는 것일까.
그 새가 언제부턴가 오지 않는다.
아무리 이름 불러도 보이지 않는다.
한적하고 가문 밤에는 잠꼬대 되어
같은 가지에서 자기 새를 찾는 새.

방 안 가득 무거운 편견이 가라앉고
멀리 이끼 낀 기적 소리가 낯설게
밤과 밤 사이를 뚫다가 사라진다.
가로등이 하나씩 꺼지는 게 보인다.
부서진 마음도 보도에 굴러다닌다.

이름까지 감추고 모두 혼자가 되었다.
우리는 아직 서로 부르고 있는 것일까.

땀에게

네가 떠나고 난 후에야
내게도 땀이 있었다는 것
어렴풋한 오한으로 기억한다.
추운 겨울도 아니었을 텐데
외투 입고 목도리 두른 너른 수면에
소금기는 모두 어디로 사라지고
누구의 땀에서도 짠맛이 나지 않았다.

땀이 지구를 더 어지럽게 했다.
미끄러지고 넘어지는 항구의 언덕
병약한 바늘에 찔린 피부,
그 수많은 구멍을 통해 땀이 솟았다.
생수에 젖은 소금이 솟았다.
갈증의 몸에서 눈물이 솟았다.
내가 다시 솟았다.

너를 만난 피부에서만 땀이 났다.
감추어놓은 절망이 터져나온 연옥,

소금의 단호한 결정체가 물이 되었다.
돌 속에 흐르는 땀까지 뽑아
돌 속에 살아 있는 고백까지 뽑아
떠나는 너에게 묘비명으로 보낸다.

잡담 길들이기 7

월드컵 4강 진출은 거창했었지. 미국에서도 오대호 근처의 작은 도시에 살아서, 혼자 새벽 두시나 네시에 일어나 대한민국을 외치며 흥분했던 한판의 역사. 월드컵 다 끝난 날, 오래 같은 촌에 모여 사는 한국 친구들 몇 모여 축하주를 나눌 때, 자동차 공장 노동자로 30년째 일하는 대졸 미스터 김의 눈, 술잔 부딪치며 언뜻 보인 붉은 눈시울은 무슨 뜻이었을까. 기쁨이었겠지. 슬픔이었을까, 충만감이었을까 아니면 외로움의 한이었을까.

너무 아름답고 빛나서
보이지 않는 詩,
의미가 없어진 詩,
너무 순하고 깨끗해서
이해할 수 없는 詩,
아무 소리도 들리지 않는 詩,
혈혈단신의 몸이 다시 되어
그 詩 속에 들어가 살고 싶다.

그 詩의 눈물에 빠져
끝없이 헤엄치고 싶다.

잡담 길들이기 8

사람이 죽는 순간 21그램의 몸무게가 줄어든단다. 무거운 어른도 마른 여자도 똑같이 동전 다섯 개의 무게가 죽는 그 순간에 줄어들고, 영화에서는 그것을 사랑의 무게라고 했다. 살아 있을 때는 사랑할 수 있지만 죽으면 사랑은 딴 사람에게 가버린다. 그러면 그 21그램은 생명의 무게도 될까. 죽는 순간에 몸을 떠나는 생명, 몸을 떠나는 무게. 옆에서 누가 중얼거렸다. 그것은 영혼의 무게다. 몸이 죽으면 살아 있던 영혼이 죽은 몸을 떠난다. (아니면 그냥 탈수 현상인가.)

사랑이든 생명이든 영혼이든
죽은 사람의 몸에서 풀려나
공간을 자유롭게 떠다니는 무게여,
멀리 또는 가깝게 공중을 오가다
숨소리로 만나면 뭉개어 구름도 되고
겨울의 너에게는 눈발 되어 날린다.
그렇구나, 뼈저리게 그리운 무게여
내리는 비를 보면 뺨부터 젖고

눈밭을 지나야 네 몸에 이른다.

사랑이든 생명이든 영혼이든
한번쯤 혼자가 된 너를 만나고 싶다.
혼자 있는 시간도 만나고 싶다.
눈썹 긴 야생의 노란 들꽃들,
나이 들어 마디마디 아픈 두 손을 가리고
이제 알겠다, 왜 저 꽃이 흐느끼고 있는지
바람 같은 형상으로 스쳐가는 것 보며
아쉬운 한기로 왜 고개 숙이는지.

진도에서

드물게 물결 사나운 전라도의 작은 물길을 건너 진
도에 왔다.
지나온 세상이 바로 저 몸부림 같은 모습을 매일 만
들었던가.
감나무 길을 질러 낙조의 바닷가나 문화회관에 와
서, 얼씨구,
남도의 짙은 소리를 앉아서 듣다가, 듣다가 아예 퍼
질러 엎어지기도 했다.

헤매는 소리를 하나씩 잡아주고, 떠도는 나를 길잡
아준 고수여, 반갑다.
소리 한 판에 외국 의사 생활 40년의 동기들이 모두
얼굴 가리고 운다.
그래. 흐르는 눈물 없이 어찌 살았으랴, 소리에 떠
있는 우리의 근원을.

더 이상 올라갈 수 없는 소리가 여인의 허리를 넘어
가며 단단해지고

소리의 두 손이 머리채까지 감아 안는다. 얼굴 한번
붉히고, 얼씨구,
　그 소리 내 귀청 뚫고 내 뇌 속에 도장 하나 깊이 찍
어놓았으니
　그렇지, 내 본국을 확인하는 신명이 어깨춤 춘다.
눈 떠라, 보는 심청아.

　오늘에야 사나운 팔자 한번 고쳐보자고 소리의 바다
를 떠나는 섬,
　소리를 짜깁고 널뛰게 하는 소리의 어미가 살고 있
는 저 섬.
　하루 만에 돌아 나오는 길, 긴 다리 다시 휘어감는
울돌목의 소리 한 판,
　얼씨구!

검은 점의 장례

아주 작은 날벌레가 어디서 날아와 읽던 책장에 앉았다. 나는 책을 잽싸게 닫아 날벌레를 죽였다. 읽기를 계속 하려고 다시 책을 여니 벌레는 죽어서 검은 점 한 개가 되어 있었다. 뜯어낼 건더기도 없었다. 날벌레의 날개도 부서지고 눈알도 다리도 심장도 다 함께 뭉개져서 작은 점 하나가 되어 있었다.

책장을 더 이상 넘기지 못하고 으스러진 벌레의 본래 모습을 그려본다. 이 날벌레도 이름은 있었겠지. 하루살이보다 더 짧은 이름. 입김이 시신을 다칠까 봐 조심스레 한마디 했다. 미안하다. 나에게 이 날벌레는 너무 작고 나는 조팝나무 꽃보다 너무 작다. 작고 큰 것은 어차피 비교하기 나름이다. 미안하다. ……

세상에는 팔팔하던 몸이 죽어 겨우 검은 점 하나로 남는 생명이 많다. 나도 그럴까. 그러니 함부로 슬퍼하지도 울지도 말 것. 눈물 한 방울에 시신이 완전히 씻길 수도 있다. 한 슬픈 감정이 남을 씻어 없애기도

한다. 저 함부로 내뱉는 슬픔의 잔인성, 저 함부로 내
뱉는 외로움의 음흉스러움, 저 함부로 내뱉는…….

꿈꾸는 당신

내가 채워주지 못한 것을
당신은 어디서 구해 빈 터를 채우는가.
내가 덮어주지 못한 곳을
당신은 어떻게 탄탄히 메워
떨리는 오한을 이겨내는가.

헤매며 한정없이 찾고 있는 것이
얼마나 멀고 험난한 곳에 있기에
당신은 돌아눕고 돌아눕고 하는가.
어느 날쯤 불안한 당신 속에 들어가
늪 깊이 숨은 것을 찾아주고 싶다.

밤새 조용히 신음하는 어깨여,
시고 매운 세월이 얼마나 길었으면
약 바르지 못한 온몸의 피멍을
이불만 덮은 채로 참아내는가.

쉽게 따뜻해지지 않는 새벽 침상,

아무리 인연의 끈이 질기다 해도
어차피 서로를 다 채워줄 수는 없는 것
아는지, 빈 가슴 감춘 채 멀리 떠나며
수십 년의 밤을 불러 꿈꾸는 당신.

풍경화

성북동의 가을, 간송미술관에 찾아가
조선 중기의 잔잔한 그림들에 머리 숙이며
해진 종이 냄새 속에서 눈 맞는 새도 보고
잡은 학을 놓아주는 여유로운 시대도 만난다.
이 진한 향기의 꽃은 어디에 피어 있기에
어지러웠던 내 평생이 기다림에 지쳐
이름 모를 나무 되어 옷을 벗는가.
유혹이여, 대낮에 눈 뜨는 어린 하늘이여.

알래스카 시편 1

1

네가 올 때까지는
물소리밖에 없었다.
높은 빙산이 녹아 흐르는
연둣빛 물소리밖에 없었다.
네가 오고 나서야 비로소
분홍빛의 밝고 진한 잡초 꽃*들이
산과 골을 덮으면서 피어났다.
그리고 바람이 늦게 도착했다.

분홍 꽃들이 바람과 춤추고
가문비나무들은 그늘 쪽에 서서
장단에 맞추어 몸을 흔들었다.
왁자하던 꽃들이 잠잠해지자
저녁이 왔다. 정말이다.
네가 여기 올 때까지는
물소리밖에 없었다.

세상에서 움직이는 것은
물소리밖에 없었다.

    2

당신은 머리를 잠시 들어
주위를 살폈을 뿐이라고 하지만
당신이 와서야 파란 하늘이 생겼다.
정말이다. 지난날의 솜 덩어리들
하늘 밑에 구름도 생겼다.
잡초 꽃들이 고개 한 번 숙인 것 같은데
양쪽으로 분홍빛 길이 만들어졌다.

저 높은 끝에서 여기까지 오는 길,
누구도 걸어보지 않은 길로
당신이 화해를 하자며 다가왔다.
정말이다. 잡은 당신의 손이

따뜻하고 편안하게 느껴졌다.

내가 걸어가야 할 남은 길이

옛날같이 다정하고 확실하게 보였다.

* 알래스카의 들과 야산에 세 계절 동안 피는 진한 잡초 꽃을
  그곳 사람들은 '파이어위드 fireweed'라고 부른다.

알래스카 시편 2

　단발 엔진 4인승 세스나 경비행기를 타고 6천2백 미터의 매킨리 산정을 향했다. 잠자리보다 작게 바람에 날려가며 북미주 최고봉의 얼음산을 향해 헐떡이는 비행기. 높은 산 몇 개를 간신히 넘고 나서 빙벽으로만 보이는 눈과 얼음의 산, 사면팔방의 광대함에 질려 앞으로 나가지도 못하는 기체가 찬 바람에 갑자기 심하게 흔들리며 떨어질 때, 나는 내가 죽을 곳으로는 이보다 좋은 곳이 없겠구나 생각하며 머리가 편안해졌다. 정말이다. 아무도 건드리지 못할 얼음산 골짜기에 누워 백 년을 사는 까딱없는 죽음이 얼마나 시원하랴.

　다시 자리 잡은 허술한 비행기 틈 사이를 자르며 큰 산의 추운 침묵이 내 살을 얼리고 있을 때 나는 가볍게 떠오르는 몇 사람의 혼을 보았다. 그것은 단정하고 희고 밝았다. 비행기의 엔진 소리가 잦아들고 동반자 하나 기절하고 내 몸도 어디론가 떠나고 있었다. 떠나리라, 그립고 안타까운 사람아. 아는 이 없는 곳에서 가없이 날리라. 사위가 넓어지면서 그리운 자유의 냄

새가 내 눈을 닦아주었다. 정말이다. 그 냄새는 내 어
릴 적의 황홀, 은방울꽃 향기였다.
　(알래스카에는 은방울꽃이 없을 텐데, 그럼 그 향
기는 누가 준 것이었을까.)

알래스카 시편 3

페어뱅크스를 떠나 북극 쪽 포트유콘에 왔다.
낮은 집 사이의 밤이 갑작스레 눈 멀고
지상의 표정은 어둡고 울적했다.
언뜻 나무 휘파람 같은 잡음이 들렸던가
그 소리 뒤로 펼쳐오는 휘황한 광채!

그 물체 속에는 흰색의 연기, 빨간, 아니 주홍색 귀
신들, 노랗고 파란 구름줄이 섞이고 회오리처럼 움직
이며 하늘이 넓게 밝아왔다. 오로라, 극광 ─ 지상에
살아 있는 짐승과 나무와 사람들의 빛이 몸을 빠져나
와 하늘로 밀려가고, 숨어 있던 죽은 이들까지 하늘을
열고 나온다. 함께 어울리는 춤으로 현세를 떠나는
몸, 억눌렸던 인연이 해방되는 광대한 무늬의 빛.

문득 기억난다, 엘 그레코의 성화에서
베드로 성인이나 버나디노 성인의 배경으로
그런 하늘들이 휘말려오르고 있었던 것,
보이고 들리는 것만 믿고 있던 이름 앞에

황당한 눈물의 광채로 나를 들어올려준다.
그러나 내가 다시 세상에 돌아오는 시간은
왜 이렇게 애타게 조용할 때일까.
왜 이렇게 높고 추운 곳만일까.

알래스카 시편 4

빙산을 그 위에서 보면
모두 접시 같다.
접시에는 아직 날아보지 못한
큰 바람들이 앉아 있다.
깨우지 마라, 접시 속의 창백한 시절,
빙산의 만년 얼음 속에서만 사는
저 작고 검은 곤충, 무너진 기대들.
한 마리씩 이끼에 엎드려 없는 듯이 산다.
두 눈 뜬 저 추운 집착을 깨우지 마라.

여름이 와도 곤충은 날지 못하고
우리와 동갑 나이가 되어도 떠나지 못한다.
여섯 개의 언 다리와 언 목을 움직이면
외로웠던 얼음이 주저 없이 깨어진다.
떠날 준비를 서두르는 바람이 옷을 입는다.
마을에 몰려오는 얼음 녹는 소리.

알래스카 시편 5

힘들게 상류까지 돌아온 연어들은
피부까지 온통 검붉게 변색하며
누운 키보다 얕은 산개울에 모여
펄펄 소리내며 혼음을 하고
혼음의 사정을 끝내기도 전에
곰에게 잡아먹히며 몸을 비튼다.
여기가 연옥은 아닌 것 같은데, 그 표정!
묻은 피 털어내며 여름이 황급히 떠난다.

피비린내 물길 따라 하류로 떠내려간 뒤
갑자기 늙어버린 머리 흰 물가의 들풀.
한창때의 사방 향기는 다 어디 갔는지
심심한 듯 돌아서서 머리 빗고 죽어버린다.
보이지 않는 것 보이게 하는 것이 화가였지.
자기가 죽은 줄도 모르고 딴 들풀을 자꾸 부른다.
귀에 익은 실바람이 옆에서 가을꽃으로 핀다.

밤비

참 멀리도 나는 왔구나.
산도 더 이상 따라오지 않고
강물도 흙이 되어 흐르지 않는다.
구름은 사방에 풀어지고
가까운 저녁도 말라 어두워졌다.

그대가 어디서고 걷고 있으리라는 희망만
내 감은 눈에 아득히 남을 뿐
폐허의 노래만 서성거리는 이 도시.

이제 나는 안다.
삶의 사이사이에 오래된 다리들
위태롭게 여린 목숨조차 편안해 보이고
그대 누운 모습의 온기만 내 안에 살아 있다.

하늘은 올라가기만 해서 멀어지고
여백도 지워진 이 땅 위의 밤에
차고 외로운 잠꼬대인가
창밖에서 떠는 작은 새소리, 빗소리.

제2부

골다공증

1

당신의 골수를 열 달이나 받아먹고
어머니, 내가 생겨났습니다.
동생들도 당신 뼈에 구멍만 뚫어
해 지난 갈대같이 속 빈 육신,
골다공증으로 늙으신 어머니.
당신 뼈가 얼마나 가벼워졌으면
바람까지 들락거리는 큰길 사이로
먼 데 어디 날아가실 준비까지 하시는지.

2

나는 덱사 스캔과 간단한 숫자 계산으로 수많은
골다공증을 진단해주고 돈을 벌었다. 당신의 뼈에는
5천 개의 구멍, 당신의 살에는 8천 개의 구멍. 당신은
구멍 난 풍선이나 타이어처럼 매일 몸이 줄어들고 목

숨의 생기도 빠져나간다. 정신이 누추해져서 잠들지
못하는 밤이면 뼈들은 답답해서 자기 가슴에 구멍을
뚫고, 신산한 세상살이의 대못과 시달림, 아파서 못을
뺀 자리에 남아도는 피투성이 구멍들.

3

아무도 관심 없는 일이기는 하지만
이제 나도 모든 것을 덮을 때가 되었다.
돌아보면 구멍 많은 당신도 가엾고
바닥 터진 내 지난날도 가엾다.
숨지 마라, 죄지은 지상의 모든 구멍들
암, 다시 보면 세상에 가엾지 않은 게 없지.

벌거벗은 뼈들이 추위를 더 느끼는가.
의과대학 해부학 시간 사람의 뼈들
동맥도 정맥도 더 이상 도착하지 않고

내 마른 손바닥만 핏빛으로 적시던
미세해진 그대 몸의 온기 속에서
빈 뼈가 서로 만나 불 지피던 날들.

뼈가 운다. 운율 맑은 피리 되어
비 내리는 어두움에 외톨이도 운다.
얇고 가늘어진 뼈 대책 없이 부러지고
안타까웠던 집착도 형벌만으로 기억될 뿐,
더 기다릴 명분도 신음 소리 하나로 떠나고
뼈를 태워 재가 되어 내가 떠난다.

도마뱀

내가 사는 외국의 동네에는 도마뱀이 많이 산다. 10센티 정도의 길이가 동작 재빠르고 눈치도 빠르다. 가끔은 죽은 듯 오래 움직이지 않는 재주도 있다. 영리한 이 도마뱀을 잡으면 잡힌 부분을 스스로 쉽게 끊어버리고 도망간다. 짧게 꼬리를 잡으면 그 꼬리를 버리고, 길게 잡아도 몸의 반쯤만 한 꼬리까지 포기하고 도망쳐버린다. 그런데 나는 한 번도 꼬리 잘린 도마뱀을 본 적이 없다. 그런 도마뱀은 숨어서만 사는 것일까. 아니면 요술같이 새 꼬리가 금세 자라나는 것일까.

내가 도마뱀의 끊어진 꼬리를 두 개나 가지게 된 날 밤, 나는 내 머리가 없는 것을 알았다. 처음 가졌던, 내 아버지가 주신 머리가 없는 것을 알았다. 고국의 친구가 그랬을까, 하느님같이 큰 손이 그랬을까. 머리를 잘 세워 생각을 옳게 고쳐주려고 내 머리를 잡았던 것인가. 나는 귀찮은 참견이 싫어 내 머리를 끊어주고 도망치고 말았던가. 머리 없는 몸뚱이와 사지만으로

죽은 듯 움직이지 않고 숨어 사는 도마뱀. 가끔은 내
머리가 그리워진다. 잘려나간 내 머리는 지금쯤, 무엇
을 생각하며 살고 있을까.

별, 이별

열매를 다 털어낸 늙은 나무가
마지막 숨을 몰아쉬기 시작한다.
시든 나무 그늘도 떠날 준비를 하고
가지 사이 거미도 거미줄을 걷어들일 즈음,
우울한 부나비 한 마리 날개 접고
새들이 날아간 석양 쪽을 바라본다.

잠시 잠들었었나, 잠시 죽었었나
모든 사연이 휘발한 땅이 그새 문 닫고
피곤에 눌려 커다란 밤 장막을 내린다.
아. 그러나, 우리는 손해본 게 아니었구나.
청명 밤하늘의 이 별들, 무수한 환희들!
헤어진 별 옆에서 새로 만난 별이 웃고
집 떠난 밝은 유성은 잠시 발 멈추고
죽어가는 나무에게 가볍게 입맞춤한다.

갑자기 나무 주위에 환한 꽃향기 넘치고
누군가 만 개의 새 별들을 하늘에 뿌렸다.

어디선가 고맙다, 고맙다는 메아리 울리고…….

귀향

1

돌아왔구나, 하고 친구가 말했다.
오래도록 나가서 떠돌며 살더니
이 일 저 일 털어내고 맨손으로
돌아왔구나, 하고 나를 잡아준다.
그런데 나는 정말 돌아온 것일까.
나 살던 동네도 모습 찾기 힘들고
알던 사람들 목소리 들리지 않는다.

2

그날은 저녁부터 밤새 비가 내렸다.
소름 끼치게 혼자 있지 않으면, 나는
아무것도 할 수 없는 체질인 것을 알았다.
어떻게 남보다 많이 젖지도 않고
속내의 나를 모두 보일 수 있으랴.

그날은 떠난 날부터 시작되었다.
아무도 가보지 못한 곳에서 숨쉬는
신선하고 정결한 단어를 찾으려고
방향도 정하지 못한 채 낚싯줄을 던졌다.

3

알겠지만 나는 처음부터 너를 떠나지 않았다.
지난 며칠 왠지 밤잠을 설쳤을 뿐이다.
얼굴과 머리는 늙어 낙엽으로 날리지만
한 평 침대에 누운 저 꽃 잠 깨기 전에
재갈 물린 세월아, 모두 잘 가거라, 잘 가거라.

화장실의 피카소

사람들과 말하기 싫어진 뒤부터는 꿈에 별들을 많이 본다. 별들의 눈과 얼굴과 사지도 유난히 분명하게 보인다. 이국 풍경에 섞인 별들의 언어는 은밀한 방언이다. 나는 내 근황에 대해서 언제부터인지 자신이 없어지고 동네의 모서리가 희미하게 지워지는 것이 편안하게 느껴진다. 낮에는 흰 꽃이 노란 꽃보다 크고 노란 꽃이 흰 꽃보다 많다. 색색의 꽃은 향기를 감추고 밤에만 사연을 아는 자에게 뿌린다. 그러나 나를 위해 밤 화장을 한 여자는 아무도 없었다. 모든 게 조금 늦었을 뿐인데 동행들은 제 갈 길로 떠나고 말았다.

시간이 가면서 풍경은 타서 없어지고 밤이 계곡의 안개를 타고 내려온다. 수많은 박쥐들은 독화살의 눈으로 나라를 찌르고 피 낸다. 저 빨간 박쥐의 눈이 손 떨어진 내 조국을 잡아먹고 있다. 세상의 이상들은 잠의 늪에 빠졌다가 새벽에야 수면에 떠오른다. 나도 젖어 있는 잠옷을 벗어 말리고 내 신념도 짜서 말려야 한다. 주소도 없는 물 위에서 연꽃들은 피고 오래된

꿈들이 증발한다. 인권이 유리된 푸른 곡예사 몇 명
화장실 벽에서 뛰어내린다. 늙은 자일수록 큰 항아리
를 젊은 여자의 엉덩이로 사용할 수 있겠지. 그 피카
소를 깨어버리자 화장실이 단숨에 밝아지기 시작했다.

시 쓰기

높고 먼 산을 향해
힘껏 돌 하나 던지기.
매일 또 안간힘하며
돌 하나 더 던지기.
돌 맞은 산이 간지럽다고
나보고 하하 하얗게
웃을 때까지.

내 몸 하나 던지기.
던진 몸들 발 앞에 쌓여
앞산이 한 발짝쯤
물러설 때까지.
아니면 뒷산이 목을 돌려
뒤돌아볼 때까지.
아득한 맥박을 깨워
내 몸 하나 더…….

상처 4

소나무 숲길을 지나다
솔잎내 유독 강한 나무를 찾으니
둥치에 깊은 상처를 가진 나무였네.
속내를 내보이는 소나무에서만
싱싱한 육신의 진정을 볼 수 있었네.

부서진 곳 가려주고 덮어주는 체액으로
뼈를 붙이고 살을 이어 치유하는지
지난날 피맺힌 사연의 나무들만
이름과 신분을 하나 감추지 않네.
나무가 나무인 것을 부끄러워하지 않네.

나도 상처를 받기 전까지는
그림자에 몸 가리고 태연한 척 살았었네.
소나무가 그 냄새만으로 우리에게 오듯
나도 낯선 피를 흘리고 나서야
내가 누구인지 알게 되었네.
우리들의 두려움이 숲으로 돌아가네.

상처 5

나이 탓이겠지만 요즈음에는
상처가 잘 아물지 않는다.
피가 많이 흐른 것도 아니고
심하게 다치지도 않은 것 같은데
상처 안에 숨어 있는 작은 세포들은
자꾸 머리를 부딪히며 소리 죽여 운다.

나이 탓이겠지만 남들의 상처도
전보다 쓸데없이 더 잘 보인다.
피부를 숨긴 공포의 빠른 도주도
가슴까지 흔들며 분명하게 보인다.
무자비한 욕망이 표정 죽이고
우리 사이에 집과 공장을 짓는다.

나는 항생제를 먹기 시작했다.
기적의 알약은 커지기만 하고
주위를 날아다니는 공기의 입들이
사는 것은 상처를 받는 것이라고 떠들며

살충제의 바람을 만들어 주위에 뿌린다.
그래도 피나지 않는 마지막 것을
언제나 두 손에 들고 사는 너.

손녀를 안고

눈 오는 오후에 두 달 된 손녀를 안고
어두워가는 창밖을 넋 놓은 채 보고 있다.
세상은 갈수록 눈에 젖어서 희미한데
아기는 두 눈 뜨고 물끄러미 올려본다.

아들 집에서 내가 도와줄 수 있는 일은
종일 왔다 갔다 손녀를 돌보아주는 것뿐,
책 한 줄 못 읽고 산책 잠시도 못한 채
안고 있는 손녀의 귀에 대고 중얼거린다.
엊그제는 가까웠던 친구가 갑자기 죽어서
이 할아버지는 며칠째 울적하기만 하구나.

그러나 우리의 처방은 읽고 보고 느끼는 것뿐인지
오늘은 종일토록 너를 읽고 보았고
실적 없이 환한 네 미소만 느끼고 있었구나.
그렇구나, 나는 왜 내 의미와 변명을 찾아
한 세월 멀고 어려운 곳만 헤매 다녔을까
너를 안고 하루를 지내니 새롭게 알겠구나

한평생 사는 것이 전연 복잡한 게 아니라는 것을.

하루 종일 어색하게 너를 안고 지낸 두 팔도
네 옹알이와 눈 오는 풍경이 좋은 마취제였는지
너를 방에 눕히고 나서야 온몸이 갑자기 저려온다.
서서히 꺼져가는 내 몸 위에서라도 바르게 서거라.
어느새 젖은 눈 그치고 건넛집 불빛이 따뜻하다.

아침 바다

아침잠이 적어지면서
바다 앞에 서서 자주 서성거린다.
왔다가는 돌아가는 목쉰 노래가
해안의 조개 껍데기 되어 꽃핀다.
그 꽃들은 어느 바다에서 왔는가.
잠시의 전망이 되었다가 우리를 떠난다.

바다에 앉아 네 피부를 쓰다듬으면
작은 바다는 젖은 채로 다가오고
숨찬 모래 손이 되어 나를 잡는다.
어렵게 그 시대의 항구를 떠났는데도
바다는 미안하다는 소리만 되풀이하며
소금기의 눈으로 내 몸에 자국을 남긴다.

이제 너의 여생에서 고개를 돌린다.
선잠 깬 물새들은 서로 흩어져서
날개 속에 부리를 파묻고 침묵한다.
세상을 등지자고 두 눈까지 감는다.

아침나절에는 부끄러움도 졸린지
네가 가고 나서야 바다가 깨어난다.

압구정동

이조 후기의 겸재 정선이 그린 진경산수화 「압구정」
에는 강변의 작은 돛단배 두 척에 어부가 한 사람씩
서 있다. 몇 점쯤 되었는지 안개비가 마을 쪽에 자욱
하다. 성긴 소나무 숲 사이로 작은 초가집 몇 채가 언
덕에 기댄 채 한가하게 한강을 내려다보고 있다. 압구
정, 좀이 먹은 그림의 강물 자리에는 살찐 물고기 떼
가 몰리고 있는지, 구름이 천천히 자리 잡자 참새인지
제비인지 몇 마리 날던 새가 공중에 멈추어 선다. 오
래 밀린 잠이 이제야 돌아오기 시작한다.

내가 고국에서 밀려나던 60년대 초에는 강남구도
압구정동도 없었다. 내가 떠난 뒤 늙은 소나무 언덕을
싹쓸이로 깎은 자리에 고층 아파트가 수없이 줄서고
높은 백화점이 일어서고 그 사이에는 상점과 식당과
소음이 들어찬 모양이다. 땅 밑으로는 뱀들을 쫓아내
고 전철 레일을 깔았다. 전철은 큰 소리로 건물 지하
주차장의 밑과 사이를 누볐다. 밤인지 낮인지 모를 찬
란한 풍경은 과연 끝이 있을까. 간지럼 타는 압구정의

충혈된 눈은 누구와도 초점이 맞지 않는다.

귀국해서 친구랑 술을 섞어 마신 며칠 전, 3호선 전철을 타고 압구정역에서 내렸는데 4번 출구였나 6번 출구였나, 층계를 이리저리 오르니 내 앞에서 집 잃은 뱀 한 마리가 나에게 정중히 길을 물었다. 고개를 드니 어둑한 곳에 초가집 몇 채 사립문 열고 나를 맞아준다. 침침한 방에서는 어느 아버지의 기침 소리가 들리고 어느 동생이 나 부르는 소리도 들은 것 같다. 나는 깜빡 잊고 흙길에서 두 무릎을 꿇었다. 압구정의 지상은 무릎이 아픈 것도 전혀 모르고 있었다.

시선

어떤 시선에서는 빛이 나오고
다른 시선에서는 어두움 내린다.
어떤 시선과 시선은 마주쳐
자식을 낳았고
다른 시선과 시선은 서로 만나
손잡고 보석이 되었다.

다 자란 구름이 헤어질 때
그 모양과 색깔을 바꾸듯
숨 죽인 채 달아오른 세상의 시선에
당신의 살결이 흩어졌다.

어디서 한 마리 새가 운다.
세상의 바깥으로 나가는 저 새의 시선
시선에 파묻히는 우리들의 추운 손잡기.

캄보디아 저녁 1

천 년을 산 나비 한 마리가
내 손에 지친 몸을 앉힌다.
천 년 전 앙코르와트에서
내 손이 바로 꽃이었다는 것을
나비는 어떻게 알아보았을까.

그해에 내가 말없이 그대를 떠났듯
내 몸 안에 사는 방랑자 하나
손 놓고 깊은 노을 속으로 다시 떠난다.
뜨겁고 무성하고 가난한 나라에서
뒤뜰로만 돌아다니는 노란 나비.

흙으로 삭아가는 저 큰 돌까지
늙어 그늘진 내 과거였다니!
이제 무엇을 또 어쩌자고
노을은 날개를 접으면서
자꾸 내 잠을 깨우고 있는가.

캄보디아 저녁 2

젊은 한국인 시인을 캄보디아 오지에서 소개받았다.
가난한 불볕더위가 비포장 도로에서 뒹구는 나라,
먼지 쓴 수박 쪽과 파리 덮인 밀떡을 먹으며
제일 순정한 시를 찾아 여기 와서 사노라고 했다.

돼지 떼와 오리들 섞여 노는 시궁창 냇물을 향한 채
새까맣게 탄 피부와 눈썹 굵은 두 눈을 고정시키며
매일 맥주나 마시며 슬프다고 쓰러지는 서울의 문
학은
주술의 쓰레기나 다름없다고 수박 껍질을 던지며
선생도 시를 쓰겠거든 땀 흘려 손과 발로 고백하란다.

이름도 생소한 이 젊은 시인이 소중히 건네는 노트
장,
땀에 전 캄보디아 종이에 촘촘히 씌어진 명암은
아직 닦이지 않은 캄보디아의 루비 보석인지 뭔지
시들을 둘러싼 황토빛 땀 냄새만 외롭게 내게 읽혔다.

더위 덮인 원시림의 급소를 향해 다시 길 떠나는 모
습 보며

내 귀는 문득 이 나라의 울적한 발 소리를 들었던가.

시인은 몇 년쯤 후에야 시 한 보퉁이 짊어지고 귀국
할까.

사람들은 사랑이니 이별을 소곤대다 슬그머니 떠나
버렸지.

저녁이 되면서 시궁창 돼지들까지 제 집으로 돌아
가는데

내 집은 어디쯤인가, 장엄하게 지는 해가 섬뜩해진
다.

도수 높은 노을을 마시고 취하기 시작하는 낡은 집
과 마을과 길,

원색의 운문에 압도당하는 저기 필사적인 내 몸 하
나.

화가 파울 클레의 마지막 몇 해

화가 파울 클레를 참혹한 죽음으로 몰고 간
마지막 몇 해의 지병을 알고 난 뒤에야
나는 그의 그림 속에서 전신성 경피증*을 보았네.
어두움의 골목을 숨겨준 질긴 눈물도 보았네.

음식을 삼키지도 뱉지도 못하는 식도로
두 팔과 다리를 접지도 펴지도 못하고
온몸의 장기가 굳어가던 마지막 몇 해,
힘에 부쳐 연필로 그린 그림이 외치는 것도 보았네.

그가 죽은 해에 그린 그림 제목, ‘Durchhalten!’
‘끝까지 견디자!’며 단단한 줄들을 이어놓았지만
끝까지 견뎌내고 죽은 화가 클레는 그림이 되어
두 눈을 부릅뜨고 나를 노려보고 있었네.

나는 생전 처음 내가 의사인 것을 알게 되었네.
죽어가는 환자들 사이를 헤치고 나와 울던 날들을
연막같이 엄폐물같이 피부 밑에 숨기고 살았는데

의사가 아니었다면 내게는 슬픈 표정도 없었을 텐
데.

그림 속의 큰 눈과 귀는 죽음도 괴로움도 지나서
천둥 번개의 빛과 소리로 나를 깔고 뭉갠다.
판자 쪽보다 더 딱딱한 경피증의 손으로
내가 살아온 안온한 생애를 경멸하듯 때린다.

* 전신성 경피증: Generalized scleroderma.

이장(移葬)

내가 사람의 구조를 확실히 아는 의사였을 때 지인이나 친척의 이장을 도우면서 배운 것이 있지. 만약에 죽은 이의 슬픔이나 기쁨이 피와 살에서 나온 것이었다면 근육이나 핏줄이나 신경줄에 매달려 있던 기억은 10년 정도의 세월만으로 끝이 나서 헤어지는구나. 장님이 된 뼈들은 벌써 자기 짝을 찾지도 못하는구나.

네 약속이 만약에 깊고 긴 공간에서 나온 것이었다면 그 시간의 사무침과 절망과 기다림의 열매가 오랜 결핍 동안에 익어 네 곁에 머무는구나. 생전에 주위에서 보이기도 하고 만져지기도 하던 그 옛날의 혼이 달콤하고 싱싱하게 우리 안에서 싹트는구나. 흙이 된 너와 내가 한통속이 되어 함께 키우는 과일나무 한 그루같이.

내 몸이 네 지극한 공간에 가서 함께 감싸고 세상의 어두운 기후에도 마르지도 얼지도 않는다면 어찌 땅에 섞인다고 죽을 수 있으랴. 추위에 떨던 생전이 네 몸

안에서 녹아 저 환한 미소의 노래가 되기도 할 터인데.
그러니 이사 가는 몸아, 오늘도 짐 싣는 차에 탄 채
네 이름을 부른다. 뼈로 남은 사람아, 내가 흙을 털고
너를 추린다.

가을, 상림(上林)에서

경상남도 함양군 긴 숲길의 어디쯤
당나라 시대의 존경과 고관직을 버리고
망해가던 조국에 돌아온 최치원의 구름이
오늘은 잡목 사이에 서서 바람을 잡고 있네.
그 가을 상림의 따뜻한 흙길을 걸으며
구절초 몇 무더기로 피어난 그를 만나느니
비단옷 벗고 귀국한 연유를 아무리 물어도
냇물 소리 나는 쪽으로만 흰 손을 던지네.

오래전 내가 남기고 떠난 숲과 길과 냇물이여,
꽃 한번 피워보기도 전에 가을이 무르익었으니
탕진한 내 씨앗은 어디서 찾을 수 있겠는가.
지나온 시간의 날개들 쉬는 조촐한 곳에서
이제는 떠나고 싶은 도시 더 이상 없지만
떠돌이의 헌 거지가 되어 간곡하게 묻노니
닳아지고 구겨진 내 어깨를 내릴 곳은 어디인가.
상림의 시대를 밟고 도망간 여인은 누구였는가.

산수유

나는 이제 고국에서는
바람으로만 남겠네.
보이지는 않지만 만져지고
있는 것 같지만 가늘고 긴 감촉뿐,
극치의 순간에만 숨쉬고 있는
그해의 뒤채에 내가 남긴 산수유.
그 안에 빛바랜 바람만 남아
내 지는 생의 열매가 되었네.

끝내 빈 몸 헤쳐버리고
바다를 건넜다고 알고 있게.
언젠가는 바람이 말을 한다고
주제넘게 중얼거린 적 있었지만
그래, 먼저 간 친구들아, 들리네,
흩날리는 몸에서 해방되는 가을 색,
더 이상은 추위도 목마름도 지우고
간단하고 쉬운 이별만으로 나를 채우리.

몬태나 평원

모두 너를 모른다고 돌아갔지.
그렇게 사철을 열심히 살면서도
큰 눈으로 한번 웃지도 않고
억울하다 소리쳐 울지도 않으니
누가 거칠어진 네 속을 알아볼 수 있겠니.

헤어져본 사람만은 안다.
수척한 겨울, 눈보라 치는 이마에
억새밭이 얼어서 떨고 있는 의미를
그 넓은 소리 지평선까지 갔다 오는 동안
참기만 하면서 포기하는 네 나이의 고행.

그래 울어야 한다, 별들의 얼굴아,
북부 몬태나 주에서는 얼마나 어렵게
하늘과 땅이 만나 몸 녹이다가
새벽녘 되어서야 아쉽게 헤어지는지.
그리워해본 사람만은 안다.
이방의 평원이 아니더라도 어디서나

인생이 얼마나 작고 쓰고 한없이 얇은지를,
겨울 새벽이 얼마나 곱고 뼈아픈지를.

제3부

시인의 물

1

물과 눈물의 차이는
눈, 체온, 소금기.
물 한 잔 마시고
누가 흐느는
소금과 체온과 눈.

우리는 증발한다.
더위에도 증발하지 않는
눈물은
소금이고 체온이고 눈이고
혼자서 떨다가 쓰러져도
추위에 얼지 않는
눈물도,

2

시인이 되고 싶었던
부제(副祭)의 묻혀버린 고백에
물이 스며 내려간다.

사막 한복판의 작은 우물이
태풍과 폭우의 소동을 만나면
물의 모든 파문이
우리의 신기루를 부른다.

3

내가 물이냐고 물으면
내 시가 물이라고
대답해주고 싶다.
언어를 채우고 메우지만

온전한 자기 모습은
평생 녹여 감추고
사랑의 흔적만 남긴다.

시련의 눈치도 보이지 않고
푸른 생명들과 내통하면서
색다른 모습으로 변하는
없는 형체의 비유의 어망들.

물이 시의 혼이라고?
용기 있는 시만이
자신을 뚫고 넘어서
여전히 소소하게
포옹의 길을 찾아 떠난다.
길 없는 물이 떠난다.

다도해를 보며

남도의 한려수도나 해남 땅 끝에 사는
또 남해의 보리암 밑 바다에 있는
작고 많은 섬들이 대낮에도 부끄러워
넓은 구름 안개에 아랫몸 감추고
나무 고깔의 머리만 조금 내밀고 있다.

이게 대체 몇 개나 되는 섬이냐 물으면
나요, 나요 하는 메아리 숫자만큼 많겠지만
낮은 소리로 네가 이쁘구나, 하면
흩어져 있던 섬들 어느새 다 알아듣고
안개 사이를 헤엄쳐 손잡기 시작하네.

아껴주고 보듬어주면 금세 어깨 기대는 섬,
더는 쓸쓸해하지 않는 섬이 손잡고 웃는다.
누가 깨우기 전까지는 모두들 조용하고 깊었다.
오늘에야 서로 껴안고 춤추며 만든
온 바다 속을 채우는 해초와 물고기들,

처음에는 너도 나도 섬이었구나.
우리가 만나 서로 허물을 안아주면서
말의 물길을 통해 경계가 무너지는 섬.
모든 완성은 눈과 눈을 합친다.
모든 완성은 멀고 막막한 하나다.

네팔에서 온 편지

랄리구라스라고 산사람들이 부르는
추운 봄에 피는 무진한 붉은 꽃더미,
꼬켓짭, 카나쓰리 꽃도 노출이 심하지만
얼마나 꽃이 큰지 사랑의 얼굴만 하대요.
사랑하면 가슴이 터질 듯한 것도 꽃 때문이래요.
한데 자꾸만 꽃의 얼굴이 웃고 있다고 하네요.

안녕하시지요?
네팔에서는 어디서나 보이는
눈산에 모여 사는 사람들,
죽은 사람만 겨울에도 눈산에 오를 수 있지요.
11월에 찍은 사진이 다 얼어서
이제야 봄볕에 녹여 보냅니다.
그간에 사람이 많이 죽기는 했지만
아무도 슬퍼하지는 않아요
랄리구라스 꽃이 죽음을 깨우기 위해
눈산의 모든 향기를 가지고 왔으니까요.
물론, 죽음을 깨운다는 뜻은 잘 아시지요?

오래전 써 보내준 당신 편지를
오늘 우연히 꽃 속에서 찾았습니다.
아직도 숨을 잘 쉬고 있네요.
일 년에 몇 번이고 숨쉬게 내버려두면
힘든 세월은 바람으로 날아가지요.
당신은 이제 시련을 이겨낸 꽃이 된 것인지요?
아니면 아직도 도망간 당신을 찾고 있는지요.
가슴이 아파옵니다. 혹시 당신이 꽃의 얼굴입니까.

상처 6

집 없는 새가 되라고 했니?
오래 머물 곳 없어야 가벼워지고
가벼워져야 진심에 골몰할 수 있다고.
설레는 피안으로 높이 날아올라
구름이 하는 말도 들을 수 있다고,
이승의 푸른 목마름도 볼 수 있다 했니?

잎 다 날린 춥고 높은 우듬지에서
집 없는 새의 초점 없는 눈이 되어야
우리 사이의 복잡한 넝쿨이 풀어진다 했니?
망각의 틈새에서 적적하고 노쇠한 뼈들이
몇 개쯤의 상처는 아예 손에 들고 살라 하네.
외지고 헐거운 삶의 질곡을 완성한다고,
욕심 부릴 유혹의 금줄을 쓸 수 없게 한다고.

문을 열면 나를 맞아준 것은
질서 없이 도망간 흔한 변명뿐,
수척한 추위에 떨며 나를 안아주었네.

노을이 붉어질수록 깊이 잠기는
저녁 근처의 너는 벌써 새가 되었니?
아프지, 그게 진심만으로 살고 있다는 증거야.
아프지, 그게 오래 서로 부르고 있다는 증거야.

배우

그런 배우가 있었다.
황량한 역할이 늘 어울렸다.
배우는 젊은 나이에 갑자기
계획도 다 세우기 전에 죽고
그해에는 바람이 넓게 퍼졌다.

내가 사는 마을에서는 밤새
크고 작은 새와 짐승 우는 소리가 난다.
세상의 끝이라고 놀리는 곳이지만
다짐하고 바라던 대로 사는 사람은
아주 드물다는 소문을 되새기며
다리에 힘을 모아 일어설 기운을 얻는다.
많이 힘들지 않냐?

멋진 배우가 하여간 하나 있었다.
시를 쓴다던 배우는 눈을 감고
카우보이모자를 멋지게 눌러썼다.
잘 알아듣지 못할 낮은 목소리로

리즈와 함께라면 죽을 수도 있다고 했다.
남자는 그렇게 죽고 여자는 암으로 누웠다.

다 털고 바닷가에 나왔다.
멕시코 만에 사는 고기 배 한 척,
평생을 풍랑에 비틀거리다가
이름 모를 척박한 땅에서 익사했다.
바다가 진흙 묻은 모자를 쓰고
그늘에 선 물고기를 위로해주었다.
많이 힘들지 않냐?

벌써 10년이나

동생이 죽은 후 지난 10년은 어디를 가나 앞뒤가 막힌 듯 답답하다. 풍경이 순서 없이 조각나 있는 느낌이다. 신나는 일이 있어도 소리쳐 말할 사람이 없고 나쁜 일이 있어도 통사정해 물어볼 사람이 없다. 웃다가도 목이 갑자기 아프고 건성대다가도 부끄러워진다. 길 가던 걸음도 자주 멈추게 된다. 멈추어 고개를 돌아보면 낯선 곳만 눈에 뜨인다. 모두들 깊은 생각에 잠긴 것 같다. 외국에 나와 살아서 그렇다지만 동생은 사방에서 싱겁게 웃기만 하고 내게 다가오지는 않는다. 땅 꺼지게 외로워만 보인다.

다시 일어나서 자, 함께 별을 보자. 밤을 지새는 저 크고 맑은 별이 하늘 가득하구나. 이름도 생소한 도시가 우리 사이에 무슨 도움이 되랴. 환한 별 구름의 길로 나를 보는 동생아, 내 몸에 아직 흩어져 있는 너를 더 이상은 울음으로 탕진하지 않겠다. 아파도 가슴에 뭉개고 있어야 언젠가 반갑구나, 소리지를 힘이 되어주지 않겠냐. 멀고도 신비한 시간을, 더는 헤어지지 않는 만남을 그리워하지 않겠냐. 일어나 별을 보자.
너는 거기서 나는 여기서. 저기 저쪽에 우리가 함께
있다. 네 손이 아직도 내게 따뜻하구나.

악어

또 먹기만 하면서 하루를 보냈다. 아픈 것에도 다 의미가 있다지만 해질녘이면 삭정이 가슴이 조인다. 풍경들이 점점 멀어지고 무엇이 살아 있다는 신호인지 분별이 되지 않는다. 꿈의 제일 밑층에 살던 냉혈 동물이 불면증으로 신음한다. 머리에 두 개의 충혈된 눈을 달고 악어 한 마리 집 앞의 호수에서 떠오른다. 악어 우는 소리를 밤마다 들으며 선잠에서 깨어나 불치(不治)의 냄새로 아침까지 헤엄쳐 간다.

악어는 모두 혼자 산다. 짝짓기의 며칠과 새끼 키우는 철을 지나면 모두 혼자서 자고 먹는다. 날카로운 3천 개의 이빨이 악어의 일생 중에 부러졌다가 다시 생긴다. 따뜻한 기온에서 부화된 알은 모두 수컷이 되고 차가운 물에서는 암컷만 나온다. 물에서는 귀와 코와 기도를 닫고 눈꺼풀 하나도 닫는다. 악어는 파충류, 그렇게 왔다 갔다 물에서도 땅에서도 산다. 고국과 외국에서 오락가락 살고 있는 나도 눈 감고 사는 파충류, 또는 양서류인가.

20년 전쯤 내 친구는 악어를 조심하라며 복개된 청계천 밑에는 악어들이 새끼 치며 산다는 소문까지 일러주었다. 그 악어들 다 자라서 한강으로 내려가 살고 있는지. 황해나 태평양 바다에서는 오래 살 수 없을 테니 지금은 누구 가슴에 숨어 살고 있을까. 얼마 전 환하게 복원된 청계천에는 맑은 물에 물고기들 뛰며 놀던데. 기념식 날 청계천에서 만난 그이들이 설마하니 악어의 환생은 아니겠지.

악어 고기를 잘게 저미고 튀겨서 술안주 삼아 자주 먹어대는 이 마을로 이사를 온 뒤에야, 사람이 악어를 조심하기보다 악어가 영악한 사람을 조심하고 있다는 것을 알았다. 찢긴 타이어 같은 갑옷을 입고 배부르면 한 달씩 아무것도 먹지 않고 명상과 수면으로 시간을 헤매는 악어. 악어는 더 이상 보호 동물이 아니지만 지난 태풍에 너무 많이 죽어 고기 값과 가죽 값이 급등했다던데, 악어는 왜 아직도 말없이 뻘밭을 기며 외국에서 혼자 사는가.

안녕하세요?
누구세요?
저예요, 저, 저,
글쎄, 누구실까,
목소리는 귀에 익은데—
몸속 깊이 감추어둔
내 부끄러움이 목을 조인다.
저예요, 진 땅에서 우는 아들,
버려진 회색 배경이 시들고
해 지면 온 동네가 입 다물어요.
저예요, 저, 악어요.
아, 이제 알겠네, 이제—
민감한 풀숲이 어깨 움츠리고
이슬 한 방울 물풀 잎 끝에 핀다.

내 나이에 걸맞은 삶이 무엇인지 아직도 잘 모르겠다. 점잖게 흙바닥까지 몸을 낮추고 끝날을 준비하는 것인지, 어디서든 죽기로 부지런히 뛰는 것인지. 해가 지면서 그림자들이 점점 커지고 분명해졌다. 낮에는 몰랐던 나무와 집과 권태가 검은색으로 나를 밀어내기 시작한다. 이것이 무서움인가. 작은 호수 주위에 부더기로 피어 있는 난초과의 연한 보랏빛 꽃들을 흔들어본다. 진한 향기에 흰 물새 한 마리가 옆에 서서 웃는다.

원시의 동물을 모두 화석으로 만들고 공룡의 씨를 말린 긴 천재지변에도, 용케 살아남은 큰 동물이 악어뿐이라는 것을 혹 아시는지. 물 밑의 그 땅 밑에서 두 눈 감고 귀까지 감고 살아남은 악어 몇 마리. 심장 하나로 하늘과 땅이 전하는 말만 믿고 따른 무리. 흰 낮달을 올려다보며 살아낸 60 몇 년의 악어의 유랑, 찢어져 피 흘리는 악어의 손과 발, 참다가 넘쳐 흘러나와 약이 된다는 한밤의 악어의 눈물, 그 두 빰 뜨거운 후회 밤마다 내 호수를 채운다.

희망적으로
── 박재희의 단소 연주

도, 레, 미, 파, 솔이든
궁, 상, 각, 치, 우든
내 귀에 잘 들리는 소리보다
들리지 않는 소리에만 정성 들이는
저 단소 소리는 희망적이다.

희망은 보이지도 들리지도 않는다니까
안 들리는 소리와 소리 사이에서
단소가 숨 멈추고 어깨춤 춘다.
그 움직임 따뜻해 내 헌 몸 치유된다.
구석의 무시된 소리들도 일어선다.

희망적으로 살라고 한다.
모두들 어디에 살고 있기에
큰 소리는 큰 산을 넘어가고
낮은 단소는 계곡의 물이 된다.
자연 한 폭이 무너지며 내게 안긴다.
유약해지지 말라는 소리로,
희망적으로.

바오밥의 추억

왜 그렇게도 매일 외울 것이 많았던지
밤샘의 현기증에 시달리던 나이,
큰 바오밥 나무를 세 개나 그려
소혹성 몇 번인가를 가득 채워버린
그 그림 무서워하며 헐벗은 날을 살았지.

그 후에 가시에도 많이 찔리고
허방에도 많이 빠지고
녹슨 못을 잘못 밟아 피 흘리면서
창피한 듯 눈치껏 피해만 다녔지.
나는 그렇게 살아냈어. 너는?

하느님이 제일 처음 심었다는 나무,
뿌리가 하늘을 향해 물구나무선 채로
늙은 의사가 되어서야 지쳐서 만난
아프리카 초원의 크고 못난 다리,
안을 수도 없어 어루만지기만 했는데
밀가루 같은 추억이 주위에 흩어졌어.

밥이 되는 열매와 야채가 되는 잎,
나이테도 아예 없애고 둥치만 커지는
주위로는 대여섯 개 문이 닫혀 있는데
안내원은 더위에 덮인 목소리를 뽑으며
이것이 아프리카의 수장(樹葬)이라고 했지.

큰 바오밥을 만나니 무섭기보다는 목이 메인다. 둥
치를 뚫고 나무에 구멍을 만들어 시체를 그 속에 밀어
넣고 판막이로 입구를 못질해 막으면, 열대의 초원에
우뚝 선 바오밥은 시체를 잠재워준다. 껴안고 녹여서
몇 해 안에 제 몸으로 받아들여준다. 못질한 막이도
어느새 구별되지 않는다. 천 년 이상 이렇게 사람을
안아주었으니 얼마나 많은 시체가 한 나무에서 살다가
나무가 되었을까.

나무가 되어버린 인간들은
남은 살과 피로 열매를 만들며

추억을 수액에 섞어 마신다.
인간이 나무 속에 들어가는 동네,
잡초까지 이상하게 물구나무선다.
둥치의 긴 척추가 우리들의 날같이
귀환의 낮과 밤을 비추어준다.
축복처럼 아프게 행복하다.

재의 수요일

맨 처음 눈을 보았다.
두 눈이 분명했다.
그 눈 속의 작고 빛나는 물,
물속에서 적막을 보았다.
적막을 덮으며 계절이 바뀌었다.
겨울 속의 꿈, 꿈이 날아간 곳에 제비꽃,
속의 호수, 호수의 젖은 신음,
신음의 재가 얼어 있던 뼈를 녹인 후
그러니까 거의 반년이 지나서야
거처를 겨우 찾을 수 있었다.
땅을 파고 헤집어서야 찾을 수 있었다.
그러나 꽃이 져야 나무가 자란다면서
온몸의 꽃을 지우던 예리한 칼바람,
수요일의 날개는 그렇게 돌아왔다.

물빛 7

숏구치는 물보라 여름 광장의 분수도
결국은 유배의 땅으로 떨어지고 만다.
힘 좋은 기계로 더 높이 오르는 분수도
잠시 후에 소리치며 흩어지며 몰락한다.

사머운 울림으로 계속 띠오르는 물은
작고 겸손해서 눈에 보이지 않는다.
그 물방울들 모여 구름 형상을 만들고
온갖 몽상과 미소로 세상을 주유한다.

다시 태어난 물들만 구름에 모여 산다.
변형된 하늘의 영토가 오염되면
검은 비가 되어 고개 숙이고 추락한다.
새로운 예언을 압도하는 물의 민족들.

비 내린 후에도 우리를 벅차게 하는
여전히 기다리며 남아 있는 은유의 집
침몰하지 않는 순결한 혼으로 엉긴 채
저기, 어두운 쪽의 오색 무지개 한 개, 또 한 개!

베트남의 소는 다리가 길다

물소는 확실히 아닌데 대로를 어슬렁거리는 베트남의 소들은 다리가 모두 길다. 진흙이 땀을 흘리다 흘리다 지쳐버린 삼모작의 뻘밭을 걸어가는 베트남의 소는 다리가 길다. 12월이 되어도 정신없이 무더운 늪지대를 덮은 저 끝없는 음기의 눈빛이, 울적한 멍에를 어깨에 걸친 소의 긴 다리를 무작정 붙잡고 늘어진다. 백 년이 지나도 못 가게 붙잡고 길게 늘어진다.

혹시라도 발목까지 빠지는 논두렁 사이에 원통한 사람 뼈가 삭아 있는 것은 아닐까. 다리 긴 베트남 소에게 밟혀 그 뼈 부러지며 울지 않았을까. 월남 파병 갔던 내 친구, 가난한 60년대에 죽은 내 친구는 키도 작고 다리도 짧아 잘 뛰지도 못했었는데. 웅덩이로 내 뛰면서도 환자들 핏속에서 찌들어가던 내게 농담 편지를 보내준 친구, 혹시 이 흙탕의 물기는 그 친구의 공포와 땀이 썩은 것은 아닐까.

이제 조국은 부강해졌지만 삼성전자에서도, 퍼주기

정치에서도 내 친구는 찾을 수 없고, 그 음지에서는 계속 확신과 결의에 찬 황성적기(黃星赤旗)*만 펄럭인다. 그 깃발 아래 '친절한 따이한'의 조카들, 한국인 소유의 기업과 공장은 명랑하게 돈을 번다. 왜 베트남의 소는 다리가 길까. 나 대신 죽은 친구의 짧은 하반신이 자꾸만 눈에 밟힌다. 아, 내 친구가 다리 긴 소가 되어 뜨거운 베트남을 걷는다.

    * 황성적기(黃星赤旗): 베트남 공화국의 국기.

새에 대한 명상

새끼를 떠나보낸 뒤에는
언제 어디로 떠나간 것까지 잊고
집 없는 노후의 새가 되어
비도 맞고 눈도 오래 맞으리.

큰 나무 높은 손 위에서
자유의 가벼운 풍경으로 서서
나도, 아무도 기다리지 않기.
위장된 적막도 환각도 잊고
남아 있던 주변도 털어버려서
인연의 실은 몸에 남기지 않기.

백발 성성한 새여,
구름 속으로 날아 들어가
오늘은 새 생을 맞는다 했는가.
죽고 남은 몸 구름 속에 뿌려놓고
환하게 퍼지는 연민이 되겠다 했는가.

새가 떠나버린 빈 터가
내가 살기에는 너무 넓다.
그 빈 터가 한겨울이 되어도
어이할거나, 얼지를 않는다.
어이할거나, 움직이지 않는다.

남해에서

내 그럴 줄 알았다.
한국의 해안에서 만난 물살이
눈부시게 잔잔하고 연하다는 것,
부끄러움까지 타며 내 잠을 깨우던
전생에서도 보이던 남도의 바다
나를 기다려주겠다고 약속했었다.

알기는 하지만 너무 오래 헤어져 살았다.
그래서 흰 가슴밖에는 기억나지 않지만
네가 다른 해안으로 떠나지 않고
목소리 죽인 이 아침에 나를 맞아준 것은
은빛 안개 때문만은 아니었구나.

그간에 해 뜨고 달 뜨고 세월까지 떴지만
청춘의 진한 밑창에다 전신을 묶어놓고
가망 없는 미소가 함께 섞이던 그 시절의 안개,
비린내 씻어낸 실물살 위에서
측은해하며 속옷 벗는 남도여.

내 확실히 그럴 줄 알았다.
오래 서서 기다려 무릎까지 약해진
한국의 해안이라서 허리 굽힐 줄 알았다.
서로 껴안던 소리 아침나절에야 잦아들고
물살의 아들딸들이 내 사방을 감싼다.

포르투갈 일기 1

돌아서 오느라 좀 늦었을 뿐인데
도시는 벌써 바다를 지나쳐버리고
나는 지브롤터를 거쳐 도착했다.
나보고 지금 외롭냐고 물었냐?

항구에는 비가 헤매고, 가로등 하나 없는
자갈 포장길을 줄줄이 내려 가서
어두운 지하 식당에서 저녁을 받았지만
생선 요리에 허기진 밥까지 놓고도
습기 찬 화도의 음악에 목이 메었다.

망토를 두른 늙은 가수는 뒤돌아서서
노래를 하는 건지 한숨으로 우는 건지
아니면 밤비가 노래를 적시는 것인지
돌보다 무거운 비에 내 몸이 아파왔다.
나보고 지금 외롭냐고 물었냐?

물론이다, 나도 한때는

주위의 인간을 뛰어넘으려고
장대를 길게 잡고 높이 뛰었다.
부끄럽지만 그때 눈을 빛내며
내가 내려다본 것은 무엇이었을까.

이제 아무것도 보이지 않는다.
시간이 좀 늦었을 뿐인데, 돌아온
항구에는 드문드문 긴 밤이 서 있고
졸음 가득 찬 자갈 포장길이 중얼거리며
노숙에 지친 나를 앞서 가고 있다.

포르투갈 일기 2
—파티마 성지에서

기적이 보고 싶어
찾아간 것은 아니다.
희고 밝은 호흡의 감촉이
내게는 벌써 기적들이었다.

꼭 보고 싶은 사람이 있어
광장에서 무릎을 꿇었다.
뜨겁고 두려웠던 모든 열정이
긴 사연을 간곡히 말하기에
내가 켠 촛불은 보이지도 않았다.
고개 숙인 내 부끄러움의 비명,
당신밖에 들은 사람은 없다.

젊어서는 아무나 좋아했고
나이 좀 들어 조국을 떠난 뒤부터는
왠지 하나씩 자꾸 잃기만 했다.
주위가 추워지고 창백해지면서
나는 당신을 그리워하며 살았다.

당신이 보고 싶어 여기 왔다가 간다.
의지와 표상의 세상은 벌써 가뭄에 시들었다.

화가 모딜리아니의 유혹

예과 시절까지도 먼 나라의 곱슬머리 젊은 화가 모
딜리아니가 되고 싶었지.
눈은 작고 얼굴은 기울어져 길쭉한 여자들이 한동안
머물다 떠난 뒤
뜨겁고 검은 불두덩만 남아 내 순진한 춘화가 되어
준 봄꿈의 어디쯤,
거만하게 안온한 거리를 거부하고 넓은 초원을 찢어
한쪽 다리로 서서 웃던
분명한 가슴과 세월을 녹이는 순정의 그림에 한 목
숨 걸고 덤비던 화가.
섬세한 선과 색의 깃발을 나부끼며 일찍이 온 그 죽
음마저 몰래 그리워했네.

그때는 방황하고 넘어지는 자에게만 앞길이 보인다
고 믿었던 시대였어.
고향 떠나 베네치아를 지나 화구만 싸들고 헤매며
만났던 사방의 추위들,
그 목소리라도 가지고 싶어 술과 담배에 찌들었던

억압과 암흑의 고국에서

황당한 자유의 일생이 불멸의 그림으로 빙하 시대까지 남으리라 믿었던 우리

그러나 자유의 값이 얼마나 비싼 것인지, 토해낸 피가 얼마나 아픈 것인지는 몰랐어.

빛바랜 별들만 차례로 다 얼어 죽고 얼마나 외로워야 갈 수 있는 곳인지도 몰랐어.

오래전 이야기라는 것은 굳이 말하지 않아도 된다. 늦지 않은 화가도 다 알고 있다.

그 화사한 여자들 다 떠나고 그림도 떠나고, 남아 있는 옷 몇 벌 챙겨 들고

이제 씩씩하고 깨끗했던 광기의 훈장만으로 황홀한 그 깃발을 찾아 나선다.

어깨라고 부를 만한 몸도 없었지만 젊어서 다 던졌던 사랑은 아깝기만 하구나.

화집만으로 보았던 상상의 오만 가지 색깔들이 그림 밖으로 나와 내게 온다.

희미했던 옛날 목소리가 뒤쫓아 오고 추위를 이긴
누드들이 책임도 없이 나를 유혹한다.

너무 먼 이쪽

권혁웅

1

마종기의 시는 "~구나"와 "~하고 싶다" 사이에서 하염없이 울린다. 마종기 시의 여러 문장들은 이 말들로 대표되는 두 가지 문형(文型)의 변주라고 해도 좋을 것이다. 영탄과 소망을 표시하는 이 두 술어는, 마종기 시의 인칭과 시제, 격(格), 서법 등을 두루 관통하는 말이다. 두 술어를 좌표로 삼아 나와 당신('당신'은 2인칭이면서 3인칭이어서 아내와 부모와 벗을 모두 아우르는, 사랑하는 사람들이다)과 우리가 자리를 잡고, 청춘의 들끓던 한 시절과, 그 시절과 결별한 채 늙어가는 지금의 삶과, 진정한 만남이 이뤄질 미래의 삶(그러나 진정한 만남은 '지금' 가능한 일은 아니어서, 성취는 지연되고 그래서 미래의 몫으로 남는다)이 나뉘고, 주격(主格)과 속격(屬格), 여격(與格)과 대격(對格) 등의 여러 관계(당신과의 수많은 주고받음이 여러 관계를 낳는다)가 파생되고, 고백과 탄식과 희망과 청원 등의 여러 정조가 생겨난다.

두 술어는 마종기 시의 시공간이 어떤 결락을 품고 있다는 것을 보여주는 지표이기도 하다. 나는 너무 멀리, 너무 오래 흘러왔다. 행복한 한때는 아득하고 그리운 곳은 너무 멀고 그리고 나는 이미 늙었다. 세월은 내게서 많은 이들을 떼어놓았고 심지어 삶과 죽음의 이편과 저편으로 나누어놓기까지 했다. 때문에 마종기 시의 주체는 늘 '너무 먼 이쪽'에 서 있다. 그렇다고 해서 시인의 시가 비탄과 절망에 침윤된 것은 아니다. 오히려 이 멀리 있음이 마종기의 시에 놀라운 호소력을 부여한다. 자신이 사랑하는 어떤 중심에서 벗어난 사람은 그 중심과의 거리로 제 방황의 자리를 측정한다. 너무 먼 저쪽이 이쪽의 좌표가 되고, 돌이킬 수 없는 한 시절은 돌이키지 않는 지금의 원형이 되고, 그래서 마침내 불행은 행복의 전제가 된다. 그것은 아주 여린 강인함이다. 한 줌의 온기로 한겨울을 견뎌내는 이의 간절함이 거기에 있다.

'간절하다'는 말은 물론 온당한 비평적 언사가 아니다. 진정성이나 열망과 같은 말로 한 시인의 작품을 평가하는 것은 올바른 처사가 아니다. 정서적 온도를 측정할 기준을 마련할 수 없기 때문이다. 그럼에도 불구하고 나는 마종기의 시를 설명하는 말로 이보다 더 적절한 용어를 찾지 못했다. 다만 이 간절함이 사랑하는 중심에서 멀리 벗어난 이의 내면에서 생겨났다는 사실을 덧붙일 수 있을 뿐이다. 삶은 그를 바깥으로 밀어냈으나 그는 안쪽을 향한 열망을 포기하지 않았다. 반대로 말해도 좋다. 그는 자신의 중심을 한 번도 잊은 적이 없으나 그곳이 돌아갈 수 없는 중심임을 알았다. 비유적으로 말해보자. 지구가 태양의 중심을 도는 것은, 지구가 태양의 중력이 끌어당길 수도 없고 놓아버릴 수도 없는 경계에 있기 때문이 아니다. 정확히 말하면 태양의 인력이 공간을 왜곡하여 일련의 홈 파인 공간을 만들었기 때문이다. 지구는 그 주어진 홈을 도는 구슬이다. 마종기의 시 역시 사랑하는 중심에 가까이 갈 수도 없고 중심을 영원히 이탈할 수도 없는 어떤 원환의 자리에서 씌어진다. 40여 년 동안 그의 시편들이 한결같은 테마를, 한결같은 간절함으로 노래해온 까닭이 여기에 있다(여담이지만, 시인이 영구 귀국한다고 해도 사정은 달라지지 않을 것이다. 이 원환의 궤도가 놓인 곳은 단순한 공간이 아니라 시공간이기 때문이다. 거기엔 이미 대칭성을 허락하지 않는 시간이 포함되어 있다. 대칭이 가능하다면 우리는 시간 여행을 할 수도 있을 테지만, 그것은 불가능한 꿈이다. 마찬가지로 그의 귀국은 중심으로의 귀환일 수가 없다. 이미 너무 많은 세월이 흘렀다). 돌이키고 싶으나 돌이킬 수 없는, 귀환을 열망하지만 결코 귀환하지 않는 탕자의 강인함이 그의 시에 있다(이 글의 끝에서 말하겠지만, 진정한 귀환은 그 원환의 궤도를 이탈하지 않은 상태로 이루어진다). 마종기의 시가 품은 간절함은 이 강인함의 다른 이름이다.

2

이 중심에 대한 이야기로 시작하자. 그곳엔 사랑하는 나라와 고향이 있다. 시집 『안 보이는 사랑의 나라』(1980)의 표제 시 일부다.

아빠, 무섭지 않아?
아냐, 어두워.
인제 어디 갈 거야?
가 봐야지.
아주 못 보는 건 아니지?
아니. 가끔 만날 거야.
이렇게 어두운 데서만?
아니. 밝은 데서도 볼 거다.
아빠는 아빠 나라로 갈 거야?
아무래도 그쪽이 내게는 정답지.
여기서는 재미 없었어?

재미도 있었지.

근데 왜 가려구?

아무래도 쓸쓸할 것 같애.

죽어두 쓸쓸한 게 있어?

마찬가지야. 어두워.

내 집도 자동차도 없는 나라가 좋아?

아빠 나라니까.

나라야 많은데 뭐가 중요해?

할아버지가 계시니까.

돌아가셨잖아?

계시니까.

그것뿐이야?

친구도 있으니까.

지금도 아빠를 기억하는 친구 있을까?

없어도 친구가 있으니까.

기억도 못 해 주는 친구는 뭐 해?

내가 사랑하니까.

사랑은 아무 데서나 자랄 수 있잖아?

아무 데서나 사는 건 아닌 것 같애.

아빠는 그럼 사랑을 기억하려고 시를 쓴 거야?

어두워서 불을 켜려고 썼지.

시가 불이야?

나한테는 등불이었으니까.

아빠는 그래도 어두웠잖아?

등불이 자꾸 꺼졌지.

아빠가 사랑하는 나라가 보여?

등불이 있으니까.

그래도 멀어서 안 보이는데?

등불이 있으니까.

—아빠, 갔다가 꼭 돌아와요. 아빠가 찾던 것은 아마 없을지도 몰라. 그렇지만 꼭 찾아 보세요. 그래서 아빠, 더 이상 헤매지 마세요.

—밤새 내리던 눈이 드디어 그쳤다. 나는 다시 길을 떠난다. 오래 전 고국을 떠난 이후 쌓이고쌓인 눈으로 내 발자국 하나도 식별할 수 없는 천지지만 맹물이 되어 쓰러지기 전에 일어나 길을 떠난다.

—「안 보이는 사랑의 나라」 3부

(일련번호가 붙은 시들을
편의상 '부'라고 부르기로 한다. 이하 같다.)

이 아름다운 시의 1부에는 '옥저의 삼베'라는 소제목이 붙었다. 중학교 국사 시간에 동해안의 작은 나라 옥저에 대해 배운 나는, 그날 밤 꿈에 옥저의 삼베 장수가 되어 "딴 나라의 큰 마을"에 가서 살아야 하는 운명에 놓였다.

'베옷'은 우리 민족을 대표하는 환유다. 변방의 작은 나라인 조국을 떠나 큰 나라 미국에 올 수밖에 없었던 시인의 역사가 나라 역사에 겹쳐졌다. 2부는 '乙亥年의 江'이란 소제목을 달았다. 1815년 천주교 박해 때 순교한 최창흡의 말로 시작되는 이 얘기에서 "안 보이는 나라를 믿는 안 보이는 사람들"은 하늘나라에서 살기 위해 기꺼이 제 목숨을 바친 순교복자(殉敎福者)들이면서, 아득히 멀어 보이지 않는 조국을 그리는 시인 자신이기도 하다. 여기에는 "살과 피"와 "길고 긴 슬픔"의 땅인 조국의 현실과 그 고통스런 땅을 그리움의 대상으로 삼은 시인의 모습이 돋을새김되어 있다.

아버지와 아들이 나눈 가상의 대화를 적어 내려간 3부에서, 시인의 고백은 낮고 그윽하게 울린다. 아버지의 대답을 산문으로 풀어보자. 이곳은 무서운 곳은 아니지만 어두운 곳이다. 빛이 저 멀리에 있기 때문이다. (2행) 사랑하는 나라를 찾아가는 여정에는 특별한 이유가 없다. 그곳은 가야 할 곳이다. (4행) 그렇다고 해도 자리 잡고 사는 이곳을 완전히 떠날 수는 없을 것이다. (6, 8행) 아들에게는 사는 곳이 나라지만 내게는 떠나온 곳이 나라다, 그것도 무척이나 정다운. (10행) 이곳에서 즐거움을 느끼지 않은 것은 아니지만, 꼭 그만큼 쓸쓸함도 느꼈다. (12, 14행) 여기서는 죽어서도 쓸쓸하고 어두울 것이다. (16행) 그곳에는 먹고살 수 있는 아무런 터전도 없지만, 내 나라이고 내 조상의 나라다.(18, 20, 22행) 내 벗들도 거기에 있다, 설혹 그들이 나를 잊었다고 해도.(24, 26행) 나는 그들을 사랑한다.(28행) 사랑에는 이유가 없다. 사랑은 맘 붙이고 사는 어디서나 자라지만, 진정한 사랑의 삶은 그럴 수가 없다.(30행) 내게는 시가 이 어둠을 밝히는 등불이었다.(32, 34행) 등불은 자꾸 꺼졌으나 여전히 저 먼 곳에서 거듭 빛나고 있었다. 내게는 시를 쓰는 일이 그 사랑의 나라를 거듭해서 바라보는 일이었다.(34, 36, 38, 40행)

그다음 시인은 아들의 입을 통해 또다시 고백한다. 내가 찾던 것은 없을지도 모른다. 하지만 꼭 찾아야 한다. 그것을 찾기까지 내 방황은 끝나지 않을 테니까. 밤새 눈이 내렸고 나는 드디어 고국으로 길을 떠난다. 물론 이 귀국에 실제적인 의미를 덧붙일 수는 없다. 1부에서 얘기했던 것처럼 이 귀국은 가상의 여정("그날 밤 꿈에 나는……") 이며 2부에서 말한 것처럼 "안 보이는 나라"를 찾아가는 여정이기 때문이다. '안 보이는 사랑의 나라'라는 말에서 '보이지 않는다'는 말은 이중적이다. 그 나라는 멀리 떠나왔기에 보이지 않고, 한반도라는 특정한 지역에 자리 잡고 있는 것이 아니기에 보이지 않는다(내 나라는 여전히 어둡고 캄캄하다). 그 나라는 내 조상과 모국어, 내 청춘과 사랑과 우정의 한때가 보존된 곳이기에 사랑의 나라이며, 먼 미래의 지평에 열려 있기에(내 나라는 훗날 아름다울 것이다) 사랑의 나라다. 다시 말해서, 그 나라는 보이지 않기 때문에 사랑의 나라다.

『모여서 사는 것이 어디 갈대들뿐이랴』(1986)에는 1980년대 초반 조국의 환난을 보며 느낀 시인의 고통이 곳곳에 배어 있다.

끝없이 떠다니는 모래들의 소문. (「만선의 돌」)

침묵이 언제부터 움직이고 있다./아버지의 삭은 뼈가 잠 깨어/내 앞길을 막아선다. (「확답」)

아직 실험에서 살아남은 십여 마리의 쥐가 성공한 놈아, 성공한 놈아 하면서 계속 기침을 하고 있었다. 봄이 오고 내가 승진을 한 뒤에도 나는 실험실 쥐들의 마지막 시끄러운 기침 소리에 밤잠을 계속 설치고 있었다. (「쥐에 대한 우화」)

외국에 나와서 보면 더욱 힘들다./삿대 없이 흐르던 가난한 나라, (「일상의 외국 2」)

하루도 그치지 않는 총소리,/하루도 쉬지 않는 살인. (「시인의 용도 1」)

외국에서 한강을 보면 언뜻 우리 세대의 피투성이 손마디로 보이는 것도 탓할 수야 없지. (「한강」)

〔……〕 고국에 돌아오면/아직도 서울의 공기는 수상한 냄새를 풍기고(「자유의 피」)

보이지 않게 밤마다 떠나는 우리들,/보이지 않는 세상에서 밤마다 돌아오는 우리들. (「밤 노래 2」)

고통의 꼽추의 시대(「그 후의 강」)

두 가지를 지적해야 한다. 첫째는 무자비한 권력에 짓
밟힌 피의 흔적들이 시인 자신에 대한 반성으로 전화(轉
化)되었다는 점, 곧 그 자신의 얼룩으로 받아들여졌다는
점이다. 그것은 시인이 조국을 떠나 있어서 아픔의 바깥
에 있었기 때문이기도 하지만, 그 모든 상흔을 제 몸에 새
겨진 것으로 느꼈기 때문이기도 하다. 그 시절, 그는 밖에
있으면서 동시에 안에 있었다. "고통도, 사랑도, 말 못 하
는/섭섭한 이 시대 시인의 용도는 무엇입니까."(「시인의
용도 2」) 시쓰기밖에는 아무것도 할 수 없었던 무력감이,
그렇기 때문에 시를 놓을 수 없는 절실함으로 바뀌었다.
둘째는 이 고통이 세계 전체가 앓고 있는 질병의 증상으로
여겨졌다는 점이다. 조국의 현실만 그런 것이 아니었다.
폴란드, 에티오피아, 소말리아, 캄보디아, 베트남, 엘살
바도르, 니카라과, 이란, 이라크, 이스라엘, 레바논, 시베
리아, 아르헨티나, 필리핀, 스페인…… 어느 곳에서나 전
쟁과 학살과 기아가 끊이지 않았다. 도처에 미만한 죽음
과 죽임의 현장에서 시인은 조국을 보았다. 고통의 연대
(連帶), 고통의 보편성, 고통의 슬픔을 보았다. 사랑의
나라가 겪고 있는 아픔은 한반도에만 국한된 것이 아니었
다. 같은 시집에 실린 시다.

적혈구와 백혈구가 서로 싸우는 광장에 나가면 온몸이 어두워진다. 싸우지 말자고 웅성대는 우리들은 피의 찌꺼기, 혹은 혈소판. 피의 찌꺼기는 작다. 피의 찌꺼기는 많다. 흘러다니는 피의 찌꺼기는 모양이 제가끔이다. 쉽게 뜨는 피의 찌꺼기는 의견이 비슷하다. 피의 찌꺼기는 아프고 억울한 상처를 아물게 한다. 많은 피의 찌꺼기가 죽고 또 죽어서 상처를 아물게 한다.　　　　　—「피의 생리학」 2부

"피의 찌꺼기"를 고통받는 우리 자신이라 읽어도 무리가 없을 것이다. 피는 죽음이며 생명이다. 피는 혈연이며 고통이다. 그런데 그 피의 찌꺼기가 모여 죽어서, "상처를 아물게 한다". 우리는 서로 싸웠으나 서로를 고쳤다. 우리는 희생당했으나 우리 자신이 생명이었다. 우리는 한 핏줄이며 그래서 서로 아팠다. 우리는 상처받고 죽어서 우리 자신의 상처를 치유했다. 이제 사랑의 나라는, 시인의 사적 체험 속에서만 살아 있는 것이 아니라 역사 속에서도, 나아가 우리 모두의 마음 속에서도 생생하게 자리를 잡는다.

그것은 지극함의 체험이며, 순수한 고양의 순간이다. "뻘밭 넓은 서해안에서도/남해안에서도, 또 동해안에서도/파도들은 너나없이 모국어만 하데."(「파도의 말 1」1연) 모국의 파도는 모국어로 치고, 이국의 파도는 이국어로 친다. 사랑의 나라가 바로 여기에, 내 말이 형상을 얻는

바로 이 자리에 있었던 것이다. 그러나 그 나라는 여전히 온전하게 제 모습을 드러내지 않는다. "처음 만난 파도는 두 손 내밀면서/반갑다, 반갑다며 몰려오더니/한나절도 채 지나지 않아/잘 가라, 잘 가라 중얼거리며/나를 자꾸 멀리 밀어버리데."(「파도의 말 1」 2연) 내게로 오던 파도가 올 때와 같은 모습으로 나를 밀어버리고, "돌아서기 시작한다".(「파도의 말 2」) "그 시절의 부드러운 젖가슴 닫은 채/떨리는 무늬 고운 한숨만으로/한 줄씩 긴 수평선 되어 말없이 나를 꾸짖데."(「파도의 말 1」 5연) 나는 이 나라의 백성이 아니다. 사랑의 나라는 내게 잠깐 모습을 보여주고는, 나를 바깥으로 밀쳐냈다.

<blockquote>

돌아왔구나, 하고 친구가 말했다.

오래도록 나가서 떠돌며 살더니

이 일 저 일 털어내고 맨손으로

돌아왔구나, 하고 나를 잡아준다.

그런데 나는 정말 돌아온 것일까.

나 살던 동네도 모습 찾기 힘들고

알던 사람들 목소리 들리지 않는다.　　　—「귀향」 1부

</blockquote>

앞에서 말했듯이 이 귀향에는 시간의 차원이 결합되어 있다. 시인은 살던 동네가 변했고, 지인들도 눈에 띄지 않는다고 말한다. 세월이 한 공간을 다른 공간으로 바꾸었

던 것이다. 물론 이게 전부는 아니다. 시는 다음과 같이
이어진다.

그날은 저녁부터 밤새 비가 내렸다.
소름 끼치게 혼자 있지 않으면, 나는
아무것도 할 수 없는 체질인 것을 알았다.
어떻게 남보다 많이 젖지도 않고
속내의 나를 모두 보일 수 있으랴.
그날은 떠난 날부터 시작되었다.
아무도 가보지 못한 곳에서 숨쉬는
신선하고 정결한 단어를 찾으려고
방향도 정하지 못한 채 낚싯줄을 던졌다.
———「귀향」 2부

이 비는 내 바깥의 공간만 적신 것이 아니다. 내 안에
도 비가 내렸다. 젖는다는 것은, 먼저 겪는다는 것이며 나
중까지 겪는다는 것이다. 남보다 많이 아프고 많이 슬퍼
야 한다는 것, 그게 시인의 운명이 아니고 무엇이겠는가.
"그날"은 탈향의 날이지만, 이상한 가역 반응에 따라, 귀
향의 날로 바뀐다. 자신이 "소름 끼치게 혼자" 있어야 하
는 체질이라는 고백은, 시인에게 고국과 고향을 떠나야
했던 운명이 처음부터 마련되어 있었다는 뜻이다. 언어
('言語'이면서 '言漁'인)를 낚기 위해서 그는 "가보지 못한

곳"을 찾아가야 했던 것이다. 시는 이렇게 끝난다.

알겠지만 나는 처음부터 너를 떠나지 않았다.
지난 며칠 왠지 밤잠을 설쳤을 뿐이다.
얼굴과 머리는 늙어 낙엽으로 날리지만
한 평 침대에 누운 저 꽃 잠 깨기 전에
재갈 물린 세월아, 모두 잘 가거라, 잘 가거라.
　　　　　　　　　　　　　　　　　　—「귀향」 3부

　그는 처음부터 이곳에 있었다. 마음을 이곳에 두고 떠났기 때문이다. 그래서 몸이 있는 저쪽과 마음을 둔 이쪽이 자리를 바꾸었다. 이 가역 반응 때문에, 시인은 고국에 있을 때에는 먼 저쪽의 몸을 생각했고, 이국에 있을 때에는 먼 이쪽의 마음을 생각했다. 삶을 한바탕 긴 꿈이라 했던가. 나는 이곳에서 이국에서의 신산한 삶에 대한 며칠간의 꿈을 꾸었을 뿐이다. 자고 나니 평생이 흘렀다고 했던가. 나는 이미 늙었으나 이 또한 긴 꿈의 시퀀스 가운데 일부였을 뿐이다. "그러나 내가 다시 세상에 돌아오는 시간은/왜 이렇게 애타게 조용할 때일까./왜 이렇게 높고 추운 곳만일까."(「알래스카 시편 3」) 그 시간은 꿈의 시간이면서, 꿈에서도 잊지 못하는 현실의 시간이다.
　사랑하는 나라와의 이 간격과 거리가 시인을 서성이게 했고 꿈꾸게 했고 시 쓰게 했다. "참 멀리도 나는 왔구

나,/산도 더 이상 따라오지 않고/강물도 흙이 되어 흐르
지 않는다./〔……〕/여백도 지워진 이 땅 위의 밤에/차
고 외로운 잠꼬대인가/창밖에서 떠는 작은 새소리, 빗소
리.”(「밤비」) 창밖의 빗소리를 “잠꼬대”로, “작은 새소리”
로 듣는 밤이 시인에게 주어졌다. 그것은 ‘너무 먼 이쪽’
의 삶을 집약하는 두 가지 소리다. 시인은 꿈에서도 그리
운 이곳에 대한 중얼거림을 멈추지 않을 것이다.

3

　시간적인 상거(相距)에 대해 이야기하자. 사랑하는 이
들이 있는 곳을 멀리 떠나오면서 시인은 이후의 모든 시간
을 측정하게 만드는 특정한 한 시절을 두고 왔다. 마종기
의 시적 연대기에서, 그 시절은 이전과 이후를 규정하는
기원(紀元)의 역할을 했다. 실낙원 이후에 역사가 시작되
었듯이, 그 시절을 잃어버린 이후에 마종기 시의 내력이
적히기 시작했던 것이다.
　시간이 대칭성을 허락하지 않는다는 사실을 이미 말했
다. 과거에서 미래로 흘러간 시간은 언제나 불가역적인
것이어서, 진자처럼 되돌아오지 않는다. 어떤 시인에게는
시간이 겹겹이 놓인 주름이다. 과거의 어느 한때와 현재
의 어느 한때가, 단 하나의 감각으로(상투적인 비유로 말

하자면, 마들렌 과자 하나로) 복기된다. 그러나 적어도 마
종기의 시에서, 두 개의 시간은 대조될 뿐 겹치지 않는다.
『안 보이는 사랑의 나라』에서 먼저 옮긴다.

한때는 우리도 따뜻한 중산층 가정이었다. 명륜동 집에서
매일 머리 맞대고 얼간 꽁치로 저녁을 먹고, 모여 앉아 텔
레비 방송극도 보고 가끔은 식후의 과자도 나누어 먹었다.
십 년이 겨우 넘은 시간—십 년의 폭탄은 우리를 산산이 깨
뜨리고 나는 한쪽 파편이 되어 태평양 건너에서 굴러다닌다.

그렇다. 파편이라는 뜻을 버릴 수 없다. 긴장의 순간에
빛나던 시간은 사라져 버리고 더 이상 소리낼 수도 폭파될
수도, 불을 지를 수도 없어서 자유로운, 자유로워서 아름다
울 수 없는 침전의 생활을. 그러나 한낮에도 미지의 땅에서
먼지를 뒤집어쓰는 파편의 뜻을 버릴 수 없다.
—「중산층 가정」 부분

아버지는 금곡에 묻히셨고, 어머니는 신혼 시절 골목길
을 소요하시고, 남동생과 여동생과 나는 미국으로 건너와
뿔뿔이 흩어졌다. 시간은 "폭탄"이었고, 폭탄에 맞은 우
리는 "파편"이었다. 한번 깨진 가족은 뭉칠 수가 없다. 자
신을 가족이라는 유기체의 한 조각으로 그려내고 있는 시
인에게, 명륜동 집에서의 한때는 옛날에 점화된 불꽃이었

다. 거기서 멀리 떨어져 나온 그는 "자유로워서 아름다울 수 없는 침전의 생활"을 이어갈 수밖에 없다. 시간의 차원에서도, 그는 '너무 먼 이쪽'에 유폐되어 있었던 셈이다.

불가역적인 시간을 가장 잘 드러내는 것이 사랑하는 이들의 죽음이다. 예를 들어 시집 『평균율 2』(1972), 『변경의 꽃』(1976), 『안 보이는 사랑의 나라』에 나뉘어 실린 「선종(善終) 이후」 연작은 돌아가신 부친에 대한 시편들이고, 시집 『이슬의 눈』(1997)은 사고로 죽은 동생에 대한 시편들이다(『모여서 사는 것이 어디 갈대들뿐이랴』와 『ㄱ 나라 하늘빛』(1991)에 실린 수많은 장삼이사들에 대한 조사〔弔辭〕 역시 그렇다). 『이슬의 눈』에서 뽑았다.

　　너는 죽고 나는 아직 살아 있다지만
　　너는 웃고 있겠지, 나를 놀리면서
　　형, 사실은 네가 죽고 내가 산 거야.
　　그렇지, 그렇게 유리창같이 환하게
　　너는 그쪽에서, 나는 이쪽에서
　　산 것과 죽은 것이 서로 보이는구나.
　　없는 것이 보이는 무지개같이
　　있는 것이 안 보이는 네 혼백같이―
　　　　―「동생을 위한 弔詩-외국에서 변을 당한 壎에게」
　　　　　　6부 '있는 것이 안 보이는'(부분)

안 보이는 사랑의 나라에 대한 테마가 시간의 차원에서
도 변주되고 있는 셈이다. 동생은 보이지 않지만 나와 함
께 있고, 나는 내 모습을 유리창에 비춰보지만 살아도 산
것이 아니다. 네가 없는 여기는 '너무 먼 이쪽'이다. 이 길
고 아름다운 시는 이렇게 끝난다.

새 한 마리 작은 나뭇가지에 앉았습니다.
나뭇가지 작게 흔들리기 시작합니다.
새가 날아가버린 후에도 나뭇가지는
아무것도 모르고 아직 떨고 있습니다.
나뭇가지 혼자 흐느껴 우는 것 같습니다.
남아 있는 풍경이 혼자서 어두워집니다.
　　―「동생을 위한 弔詩-외국에서 변을 당한 壎에게」
　　　　　　　　　　　11부 '남은 풍경'

「제망매가」가 같은 가지에 난 잎들로 형제를 비유했다
면, 여기서는 나뭇가지와 한 마리 새로 형제를 그렸다. 동
생은 잠시 가지에 앉았다가 푸른 하늘로 날아갔다. 남은
나만 그 없는 무게를 못 이겨 흔들린다. 아니, 떨고 있다.
아니, 더 정확히는 흐느껴 울고 있다. 이 흔들림은 돌이킬
수 없는 시간에 대한 탄식을 보여주지만, 한편으로는 꿈
과 현실의 접면에서 비롯된 것이기도 하다.

물고기의 집은 물,
새들의 집은 하늘,
내 집은 땅, 혹은 빈 배.

물고기는 강물 소리에 잠들고
새들은 달무리에서 잠들고
나는 땅이 식는 몸서리에 잠든다.

평생 눈 감지 못하는 물고기는
꿈속에서 두 눈 감고 깊이 잠들고
잠자는 새들의 꿈은 나무에 떨어져
달 없는 한밤에 잠든 나무를 깨운다.
새들의 꿈에서는 나무 냄새가 난다.

—「내 집」 부분

　시집 『새들의 꿈에서는 나무 냄새가 난다』(2002)에 제목을 준, 바로 그 시다. 새와 물고기는 물과 하늘에 제 집을 짓지만, 내 집은 땅이거나 빈 배다. 내가 '나무'에 빗대어진 까닭이다. 나무로서 나는, 지상에 뿌리박고 살거나 내 몸을 내어줘 배를 엮었다. 물고기는 꿈속에서만 눈을 감고, 새는 꿈속에서만 착지한다. 나 역시 꿈속에서만 새들의 몸을 받아낸다. 새들이 꾸는 나무의 꿈은, 비상해야 하고 비상할 수밖에 없는 제 운명을 거스르는 정주(定住)

의 꿈이다. 거기에 전체의 한 조각이 되어 유랑할 수밖에 없었던 시인 자신의 꿈이 얼비치는 것도 사실이지만, 잃어버린 다른 조각에 대한 그리움이 함께하고 있는 것도 똑같이 사실이다. 앞 시에서 보았듯, 새가 동생이었기 때문이다. 우리는 서로 사는 곳을 달리하는 전체의 작은 파편들이었다.

그런데 죽음으로 이행한 삶, 혹은 삶의 연장으로서의 죽음이 이와 같은 구도를 갖게 되면서, 시간이 가진 보편성의 차원이 열린다. 그동안 마종기의 시에서 개별적인 시간들은 시원(始原)을 이루었던 특정한 한 시간과의 비교를 통해서만 계량화되었다. 그곳을 떠나온 지 10년이 되었다거나, 그 시절을 잃어버린 지 20년이 되었다거나 하는 방식으로 말이다. 이제 현재는 그 시절의 그늘이거나 예시다. 나는 격절된 시간을 살아낸 것이 아니라, 여전히 그 시절의 일부를 살아왔던 것이다.

천 년을 산 나비 한 마리가
내 손에 지친 몸을 앉힌다.
천 년 전 앙코르와트에서
내 손이 바로 꽃이었다는 것을
나비는 어떻게 알아보았을까.

그해에 내가 말없이 그대를 떠났듯

내 몸 안에 사는 방랑자 하나
손 놓고 깊은 노을 속으로 다시 떠난다.
뜨겁고 무성하고 가난한 나라에서
뒤뜰로만 돌아다니는 노란 나비.

흙으로 삭아가는 저 큰 돌까지
늙어 그늘진 내 과거였다니!
이제 무엇을 또 어쩌자고
노을은 날개를 접으면서
자꾸 내 잠을 깨우고 있는가.

—「캄보디아 저녁 1」 전문

시간에 대한 시인의 깊은 사색이 나비와 나의 교감과 상응(相應)을 낳았다. 호접몽(胡蝶夢)의 변주라고 해도 좋을 이 시에서, 예전의 나였을 나비가 지금 내게로 왔다. "천 년 전" "내 손이 바로 꽃이었다는" 사실을 알아보았기 때문이다. 내 안의 방랑자는 특정한 "그해에" 사랑하는 이들을 놓아두고 떠났으나, 이제 내 몸을 찾아 내게로 돌아왔다. 나비는 물론 노을 속으로 "다시 떠난다". 떠남이 시인에게 아로새겨진 운명이었다. 시인은 이별을 선택한 게 아니다. 그는 이별을 받아들여야만 했다. 그것도 자신이 떠남으로써 말이다. 그 사건이 천 년 동안, 그리고 바로 지금 이 순간에도 반복되고 있는 것이다.

"흙으로 삭아가는 저 큰 돌"마저 "늙어 그늘진 내 과거"였다. 여기엔 이중의 동일시가 있다. 첫째, 내 손이 꽃이었듯 저 돌은 내 몸이었다. 둘째 흙이 되어가는 지금의 저 돌은 "늙어 그늘진" 지금의 내 몸과 같다. 그러니까 전생에서도 현생에서도 나는 늙고 어두웠던 것이다. 나는 처음부터 저 돌처럼 낡거나 늙었다. 실낙원 이전에는 역사가 없었다. 마찬가지로 그 시절을 잃어버리기 전에는 시인의 시적 연대기가 시작되지 않았다. 이 말은 물론 시인의 개인사와는 일치하지 않는다. 도미 이전에도 시인은 『조용한 개선』(1960), 『두 번째 겨울』(1965)이라는 개인 시집을 냈다. 하지만 우리는 이 시편들을 실낙원 이전의 체험이라고 말해선 안 된다. 우리는 이때 시들을 예수의 탄생이 기원의 전과 후를 나눈 것처럼, 그리고 구약의 이야기가 신약의 예시로 기능하는 것처럼, 그렇게 읽어야 한다. 해부대 위에 놓인 시신에게 "수줍어 눈 못 뜨는 소녀야"(「해부학 교실 2」)라고 시인이 부를 때, 죽은 후의 삶을 죽기 전의 삶으로 번역했던 그 시선으로 말이다.

시의 마지막 부분에 이르러 나비는 노을로 변환된다. 이제는 앙코르와트만이 아니라, 노을이 펼쳐진 곳에서는 어디서나 천 년 전 나를 떠났던 내 안의 내가 나를 찾아올 것이다. 노을은 내 잠을 깨운다. 내가 꽃이었던 꿈, 내가 돌이었던 꿈, 그리고 「귀향」을 읽으면서 보았듯 내가 멀리 떠나 있었던 그 꿈이 깨어난다. 나는 오래전부터 여기에 없었으나 오래전부터 여기에 있었다. 「귀향」에서 몸과 마음을 태평양의 이쪽과 저쪽에 나누어 두었다면, 여기서 시인은 오래전과 지금을 꿈과 현실로 뒤섞어둔다. 한 꿈을 깨면 다른 꿈이고, 한 삶을 겪고 나면 다른 삶이다. 시인은 이 유랑의 삶/꿈을 버릴 수 없을 것이다. 내내 지상을 꿈꾸지만 하늘에서 살아야 하는 새처럼. 그래서 "새들의 꿈에서는 나무 냄새가 난다".

4

이제 마종기 시의 주체가 타인과 맺는 관계에 대해 살필 차례다. 마종기의 시에는 '너, 당신, 그대'가 무수히 등장하는데, 그 시어들은 개별 시의 문맥에서 매우 다르게 쓰인다. 이것은 시인의 시가 타인과의 무수한 관계에서 파생된 것임을 보여주는 것이다. 마종기 시의 어조는 단순한 독백이 아니다. 마종기 시의 문체를 일기체나 수필체라고 말할 수 없다. 늘 특정한 관계가 전제되어 있기 때문이다. 일기나 수필은 나의 정념에서 비롯한다. 대상은 이 정념을 비끄러매어 두는 정박지일 뿐이다(예컨대 내가 슬플 때, 그는 떠난다). 그러나 마종기는 대상과의 관계에서 비롯된 정념을 적는다. 그래서 시인의 정념은 대상의 움직임이 낳은 필연적인 반응이다(예컨대 그가 떠났기에 나는 슬프다). 더욱이 그의 시는 미묘하게 음악적이다. 『새들의 꿈에서는 나무 냄새가 난다』에서 한 편을 옮겨 적는다.

1

날씨 때문에 호남 쪽 여행을 취소하고
친구 넷, 하룻밤 아무 데나 가자며 떠난
늦은 오후의 춘천 가는 길.
이 낮은 산이 저 낮은 산으로 이어지고
산과 산 사이를 다듬어 채우는 비안개,
산 밑을 따라가는 강줄기 사이에서
구질스런 풋정만 신음 소리를 내는구나.
옛날인가, 아버지의 산소도 지나온 지 오래고
경춘선 정도의 기차가 동행의 기적을 울리네.
내 친구 의사 짐에게는 흥겹게 캠프 케이지로 가는 길,
오래 구겨진 몸으로 춘천 가는 길.

2

안녕하세요, 당신
몇 장의 바람이 우리를 지나간 뒤에도
상수리나무는 깊이 잠들어 코 고는 소리를 내고
우리도 그렇게 태평한 하룻밤을 가지고 싶네요.

돌아다보면 지나온 길은 누구에게나
어렵고 몸 저리는 아픔이겠지만
낯선 풍경 속에서 아직도 서성거리는
안녕하세요, 당신
그 어디쯤, 생각과 생각 사이의 공간에서
귀를 세우고 우리들의 앞길을 엿듣고 있는
같은 하늘 아래 근심에 싸인 당신,
당신의 탄식이 문득 우리를 불 밝혀주네요.
너에게 주노라, 세상이 알 수도 없는 평화를—
너에게 주노라, 너에게, 세상이 알 수도 없는,

—「춘천 가는 길」 전문

　1부만 살펴보자. 의미상으로는 1부를 ① 여정의 시작
(1~3행), ② 여로의 풍경(4~7행), ③ 여행의 성격
(8~11행)으로 요약할 수 있을 것이다. ①은 여행이 어
떻게 시작되었는가에 관한 정보를 제공하고, ②에서는
산과 강, 비안개와 강물 소리가 대구를 이루며(행이 씌어
진 순서에 따라 AaBb 형식이다), ③에서는 "아버지의 산
소"(「중산층 가정」을 보면 산소는 금곡에 있다)와 지친 내
몸이 "동행의 기적을" 울리는 기차와 홍겨운 "친구 의사
짐"과 대조를 이룬다(이번에는 행이 씌어진 순서에 따라
ABab 형식이다). ①과 ③의 뒷부분이 통일을 이룬 것은
2부로 넘어가기 위한 장치다("……춘천 가는 길"). 음악

에 주의하며 읽어보자. ①은 정보 제공이 목적이므로 3행 전체가 단숨에 읽히고("……취소하고/……떠난/……춘천 가는 길"), ②는 일행이 경춘선을 따라 움직이고 있으므로 느리고 평탄하고 규칙적으로 읽히고, ③은 옛 사연과 지금의 흥겨움이 대조되고 있으므로 느리게 진행되다가 마지막 부분에 이르러 한번에 읽힌다(초점이 마지막 행에 있기 때문이다. 마지막 행이 이 여정을 진정으로 요약한다). 시행들만 놓고 읽을 수도 있다. 1, 4, 8행의 끝에 위치한 반폐모음(半閉母音)은 여정을 잇고("취소하고, 이어지고, 오래고"), 3, 10, 11행의 끝에 위치한 울림소리는 여정을 닫고("……길"), 5, 6, 10행의 끝에 위치한 반모음(半母音)들은 여운을 남긴다("비안개, 사이에서, 울리네"). 호흡을 늘이고 모으는 이런 음악성은 마종기의 시가 산문의 행갈이에 가깝다는 주장의 반례(反例)다.

　2부에 나오는 "당신"은 일차적으로는 선친이겠지만, 나를 아끼고 근심하고 사랑하는 아름다움의 인격화(人格化)이기도 하다. 당신의 근심과 탄식이 내게 "세상이 알 수도 없는 평화를" 준다. 개별성에서 보편성으로의 이 이행은, 사랑받는 자가 사랑하는 자와, 혹은 산 자가 죽은 자와, 혹은 자식이 부모와 맺는 관계가 만들어낸 것이다. 그래서 마종기 시의 '너, 당신, 그대'는 추상이 아니라, 내가 특별한 관계를 맺고 있는 구체적인 인물들에서 비롯되어, 보편의 차원으로 고양되는 인물들이다. 이번 시집에서 그

몇몇 모습을 살펴보자.

내가 채워주지 못한 것을
당신은 어디서 구해 빈 터를 채우는가.
내가 덮어주지 못한 곳을
당신은 어떻게 탄탄히 메워
떨리는 오한을 이겨내는가.

헤매며 한정없이 찾고 있는 것이
얼마나 멀고 험난한 곳에 있기에
당신은 돌아눕고 돌아눕고 하는가.
어느 날쯤 불안한 당신 속에 들어가
늪 깊이 숨은 것을 찾아주고 싶다.

밤새 조용히 신음하는 어깨여,
시고 매운 세월이 얼마나 길었으면
약 바르지 못한 온몸의 피멍을
이불만 덮은 채로 참아내는가.

쉽게 따뜻해지지 않는 새벽 침상,
아무리 인연의 끈이 질기다 해도
어차피 서로를 다 채워줄 수는 없는 것
아는지, 빈 가슴 감춘 채 멀리 떠나며

수십 년의 밤을 불러 꿈꾸는 당신.

—「꿈꾸는 당신」 전문

나와 한 침대를 쓰는 당신이 밤새 떨고 돌아눕고 신음 소리를 냈다. 나는 그 하나하나의 행동에서 내가 채워주 거나 덮어주지 못한 것을 생각하고, 당신의 속에 들어가 당신을 달래고 싶어하고, 당신이 겪었던 "시고 매운 세 월"에 아파한다. 아내일 것임에 틀림없는 당신에게서, 나 는 "서로를 다 채워줄 수는 없는" 빈 공간을 발견한다. 그 런데 내가 없는, 나를 떠나간 아내의 꿈이 사실은 내 꿈이 아니었던가. "멀리 떠나며/수십 년의 밤을 불러 꿈꾸는" 일이 내 일이 아니었던가. 아내 역시 사랑하는 중심에서 멀리 벗어난 이쪽에 몸을 두고, 꿈에서 사랑하는 저쪽을 찾아 여행을 떠난 것이 아닌가. 수십 년의 세월이 밀쳐낸 너무 먼 이쪽의 삶이, 나처럼 안타까웠던 것이 아닌가. 나 와의 격절에서 생겨난 안타까움은 어느새 같은 아픔을 겪 는 이들끼리의 연민으로 바뀐다. 아내는 꿈속에서도 꿈 밖에서도 나와 함께 느끼고 생각하고 슬퍼하는 아름다운 동행이었다.

당신의 골수를 열 달이나 받아먹고
어머니, 내가 생겨났습니다.
동생들도 당신 뼈에 구멍만 뚫어

해 지난 갈대같이 속 빈 육신,
골다공증으로 늙으신 어머니.
당신 뼈가 얼마나 가벼워졌으면
바람까지 들락거리는 큰길 사이로
먼 데 어디 날아가실 준비까지 하시는지.
——「골다공증」 1부

어머니에 대해 자식이 하는 일이 뼛골을 빨아먹는 것 외에 다른 게 아니다. 어머니는 자식들이 뚫어놓은 구멍 때문에 너무 가벼워져서, 먼 데로 날아갈 준비가 끝났다. 여기에 부가된 죄스러움과 안타까움은 2부의 내 직업과 겹쳐서 배가된다. "나는 덱사 스캔과 간단한 숫자 계산으로 수많은 골다공증을 진단해주고 돈을 벌었다." 나는 그 일로 돈을 벌었으나, 정작 어머니를 돌보지 못했다. 그런데 내가 그때가 되었다.

아무도 관심 없는 일이기는 하지만
이제 나도 모든 것을 덮을 때가 되었다.
돌아보면 구멍 많은 당신도 가엾고
바닥 터진 내 지난날도 가엾다.
숨지 마라, 죄지은 지상의 모든 구멍들
암, 다시 보면 세상에 가엾지 않은 게 없지.
——「골다공증」 3부(부분)

　어머니 몸에 뚫린 수많은 구멍은 "내 지난날"의 허방과
다른 것이 아니었다. 내게는 발 디딜 바닥이 없었다. 일을
그만두고, 자식을 여럿 낳은 지금에 와서야 나는 어머니
의 골다공증과 내 구멍이 같은 구멍임을 알았다. 어머니
역시 당신의 몸 안에 '너무 먼 이쪽'을 숨겨두고 계셨던 셈
이다.

　　네가 떠나고 난 후에야
　　내게도 땀이 있었다는 것
　　어렴풋한 오한으로 기억한다.
　　추운 겨울도 아니었을 텐데
　　외투 입고 목도리 두른 너른 수면에
　　소금기는 어디로 모두 사라지고
　　누구의 땀에서도 짠맛이 나지 않았다.

　　땀이 지구를 더 어지럽게 했다.
　　미끄러지고 넘어지는 항구의 언덕
　　병약한 바늘에 찔린 피부,
　　그 수많은 구멍을 통해 땀이 솟았다.
　　생수에 젖은 소금이 솟았다.
　　갈증의 몸에서 눈물이 솟았다.
　　내가 다시 솟았다.

너를 만난 피부에서만 땀이 났다.
감추어놓은 절망이 터져나온 연옥,
소금의 단호한 결정체가 물이 되었다.
돌 속에 흐르는 땀까지 뽑아
돌 속에 살아 있는 고백까지 뽑아
떠나는 너에게 묘비명으로 보낸다.　　—「땀에게」 전문

제목을 참조하면 "너"는 땀이겠지만, 문맥에서는 그럴 수 없다. 나는 너를 만나서 땀을 흘리고, 너를 떠나보낸 후에 오한을 느꼈다. 땀은 너와의 만남에서 비롯된 "오한, 눈물, 갈증, 절망, 고백"의 표징이다. 이 2인칭을 내가 떠나온 '사랑하는 중심'에 있던 모든 사람들, 나아가 그 중심 자체를 부르는 이름이라고 간주해도 좋을 것이다. "너를 만난 피부에서만 땀이 났다." 땀은 내 긴장과 절망과 슬픔의 결정체였다. 돌(소금)이 물에 녹아 땀이 되었고, 나는 그것을 뽑아 다시 돌(묘비)로 만들어 너를 기념했다. 시인의 시가 바로 그 묘비명이다. 거기엔 너를 향한 간절한 고백의 말들, 너를 기념하고 추억하는 말들이 적혔을 것이다.

마종기 시에 나오는 타인들이 2인칭이라는 것은, 그들이 내 호명(呼名)의 대상이 되었다는 뜻이며, 나와 구체적인 관계를 맺었다는 뜻이며, 그로써 내 모든 정념(아픔

에서 시작하여 동감과 연민으로 끝나는)의 원인이 되었다는
뜻이다. 그래서 '너, 그대, 당신'은 사랑하는 나라와 사랑
하는 이들에 대한 제유가 된다. 통상 2인칭은 모든 대상
들을 추상화하는 역기능을 갖는다. 대상들은 2인칭의 늪
에 빠진 후에, 개별성을 잃고 두루뭉술해진다. 반면에 마
종기 시의 2인칭은 대상들의 구체성을 시인 자신과 맞대
면시키는 절박함과 핍진함의 소산이다. 그들은 내가 보고
부르고 만질 수 있는 대상들이다. '너무 먼 이쪽'에서 불
러낸, 너무 먼 저쪽의 사람들이다. 그들을 부르는 일 자체
가, 그들을 내 안에 초청하는 일이다. "우리는 아직 서로
부르고 있는 것일까."(「이름 부르기」) 물론이다. 혼자일수
록 이 호명은 더욱 간절하고 간절할 것이다. 우리는 단독
자였으나, 이 호명을 통해 하나가 된다. "처음에는 너도
나도 섬이었구나./우리가 만나 서로 허물을 안아주면서/
말의 물길을 통해 경계가 무너지는 섬."(「다도해를 보며」)

5

마지막으로 마종기 시의 주체에 대해 말할 때가 되었다.
시인은 자신의 모습을 무엇에 빗대어, 어떻게 그려내고
있는가. 그는 '너무 먼 이쪽'에서 어떻게 살고 있는가.

내가 도마뱀의 끊어진 꼬리를 두 개나 가지게 된 날 밤,
나는 내 머리가 없는 것을 알았다. 처음 가졌던, 내 아버지
가 주신 머리가 없는 것을 알았다. 고국의 친구가 그랬을
까, 하느님같이 큰 손이 그랬을까. 머리를 잘 세워 생각을
옳게 고쳐주려고 내 머리를 잡았던 것인가. 나는 귀찮은 참
견이 싫어 내 머리를 끊어주고 도망치고 말았던가. 머리 없
는 몸뚱이와 사지만으로 죽은 듯 움직이지 않고 숨어 사는
도마뱀. 가끔은 내 머리가 그리워진다. 잘려나간 내 머리는
지금쯤, 무엇을 생각하며 살고 있을까.

—「도마뱀」 부분

도마뱀은 천적에게 잡히면 제 꼬리를 끊어주고 도망가
버린다. 제 몸의 일부를 희생해서라도, 약삭빠르게 살아
남는 것이다. 그런데 어느 날 문득 내게 머리가 없는 것을
알았다. 내 몸의 일부를 희생해서, 사랑하는 나라와 사람
들을 떠나왔는데, 정작 머리를 거기에 놓아두고 온 것이
다. 사랑하는 그곳에 마음을 주고 사는 삶, 모든 생각과
그리움이 그곳을 향해 있는 삶, '너무 먼 이쪽'에서 다만
이리저리 휩쓸리는 몸의 삶이 여기에 있다. 시인이 "잘려
나간 내 머리는 지금쯤, 무엇을 생각하며 살고 있을까"라
고 자문할 때, 시인의 골똘함은 머리를 두고 온 저쪽에 대
한 생각으로 아련하다. 악어도 같은 계열의 동물이다.

또 먹기만 하면서 하루를 보냈다. 아픈 것에도 의미가 있다지만 해질녘이면 삭정이 가슴이 조인다. 풍경들이 점점 멀어지고 무엇이 살아 있다는 신호인지 분별이 되지 않는다. 꿈의 제일 밑층에 살던 냉혈 동물이 불면증으로 신음한다. 머리에 두 개의 충혈된 눈을 달고 악어 한 마리 집 앞의 호수에서 떠오른다. 악어 우는 소리를 밤마다 들으며 선잠에서 깨어나 불치(不治)의 냄새로 아침까지 헤엄쳐 간다.

─「악어」 부분

그럴 수밖에. 머리를 놓아두고 몸으로만 영위하는 삶이니, "먹기만 하면서 하루를 보냈다"고 적을 수밖에. 그러나 아픔은 몸으로 겪는 것이어서, 이 생게망게한 삶을 함께하는 것은 그 고통뿐이다. 악어는 "꿈의 제일 밑층에 살던 냉혈 동물"이다. 먼 그곳에 대한 꿈을 꿀 수 없는 날은, 내 안의 저 밑에서 차가운 동물이 신음 소리를 낸다. 악어는 "물에서도 땅에서도 산다. 고국과 외국에서 오락가락 살고 있는 나도 눈 감고 사는 파충류, 또는 양서류인가".(2연) 수륙 양서의 삶을 사는 악어는 그리운 이를 고국에 두고 외국에 터전을 잡아 사는 나와 닮았다. 나는 악어 고기를 튀겨 먹는 사람들 사이에서, 사람들이 악어를 무서워하는 것이 아니라 악어가 사람들을 무서워한다는 것을 알았다.(4연) 마침내 내 안의 악어가 나를 부르고(5연), 나는 눈물을 흘린다. "흰 낮달을 올려다보며 살아낸

60 몇 년의 악어의 유랑, 찢어져 피 흘리는 악어의 손과
발, 참다가 넘쳐 흘러나와 약이 된다는 한밤의 악어의 눈
물, 그 두 뺨 뜨거운 후회 밤마다 내 호수를 채운다."(7
연) 일생을 유랑하며 살아온 나(정주할 곳을 떠나왔기 때
문에, 이국의 집은 여인숙과 같은 곳이다) 역시 악어다.
"악어의 눈물"은 위선자가 흘리는 거짓 눈물을 뜻하는 말
이다. 제 자신의 눈물을 악어의 눈물에 빗대는 이 혹독함
은, "뜨거운 후회"와 만나서 집 앞의 호수를 눈물로 가득
채운다.

'너무 먼 이쪽'의 삶을 사는, 살아야 하는 자신에 대한
자화상은 이외에도 여럿이다. 자식을 분가시킨 후 휑뎅그
렁한 집에 사는 자신을 "집 없는 노후의 새"로 빗댄 것이
나(「새에 대한 명상」), "기다림"에 지친 "어지러웠던 내
평생"을 "이름 모를 나무"에 견준 것이나(「풍경화」), "솔
잎 내 유독 강한" 나무가 "둥치에 깊은 상처를 가진 나무"
임을 알아보고, 상처 많은 자신을 돌아보게 되는 것이
(「상처 4」) 모두 그렇다. 이 자화상들은 깊은 자성(自省)
의 산물이자 사랑하는 이들에 대한 그치지 않는 사랑의 산
물이다. 그 가운데서도 가장 아름다운 자화상을 소개하며
글을 마치기로 한다.

　　왜 그렇게도 매일 외울 것이 많았던지
　　밤샘의 현기증에 시달리던 나이,

큰 바오밥 나무를 세 개나 그려
소혹성 몇 번인가를 가득 채워버린
그 그림 무서워하며 헐벗은 날을 살았지.

그 후에 가시에도 많이 찔리고
허방에도 많이 빠지고
녹슨 못을 잘못 밟아 피 흘리면서
창피한 듯 눈치껏 피해만 다녔지.
나는 그렇게 살아냈어. 너는?

하느님이 제일 처음 심었다는 나무,
뿌리가 하늘을 향해 물구나무선 채로
늙은 의사가 되어서야 지쳐서 만난
아프리카 초원의 크고 못난 다리,
안을 수도 없어 어루만지기만 했는데
밀가루 같은 추억이 주위에 흩어졌어.

밥이 되는 열매와 야채가 되는 잎,
나이테도 아예 없애고 둥치만 커지는
주위로는 대여섯 개 문이 닫혀 있는데
안내원은 더위에 덮인 목소리를 뽑으며
이것이 아프리카의 수장(樹葬)이라고 했지.

큰 바오밥을 만나니 무섭기보다는 목이 메인다. 둥치를
뚫고 나무에 구멍을 만들어 시체를 그 속에 밀어 넣고 판막
이로 입구를 못질해 막으면, 열대의 초원에 우뚝 선 바오밥
은 시체를 잠재워준다. 껴안고 녹여서 몇 해 안에 제 몸으
로 받아들여준다. 못질한 막이도 어느새 구별되지 않는다.
천 년 이상 이렇게 사람을 안아주었으니 얼마나 많은 시체
가 한 나무에서 살다가 나무가 되었을까.

　　나무가 되어버린 인간들은
　　남은 살과 피로 열매를 만들며
　　추억을 수액에 섞어 마신다.
　　인간이 나무 속에 들어가는 동네,
　　잡초까지 이상하게 물구나무선다.
　　둥치의 긴 척추가 우리들의 날같이
　　귀환의 낮과 밤을 비추어준다.
　　축복처럼 아프게 행복하다.
—「바오밥의 추억」 전문

　그동안 말해왔던 모든 테마가 이 시에 다 들었다. 바오
밥은 무시무시한 고독과 슬픔을 견디고 자란 나무이며, 수
많은 상처를 받아낸 나무이며, 긴 세월을 뛰어넘어 사랑
하는 이들의 죽음마저 끌어안은 나무이며, 그 모든 '너무
먼 이쪽'의 삶을 추억으로 바꾸어낸 나무이며, 마침내 "귀

해설 | 너무 먼 이쪽　151

환의 낮과 밤을" 비추는 나무다. 이 나무에 자신을 빗대면서, 드디어 시인은 지나온 모든 세월과 떨어져 살았던 모든 거리와 죽음으로 잃었던 모든 이들을 끌어안는다. 끌어안고 귀환한다, 저 붙박인 나무처럼, '제자리'에 서서. 아, "축복처럼 아프게 행복하다". 나도 아프게, 행복하게, 그의 귀환을 축복하고 싶다. ▨